樸廬吟草（合校本）

陳玉森 著

（照於一九八五年冬）

虛懷垂老眼，得意讀書情

——樸廬自題——

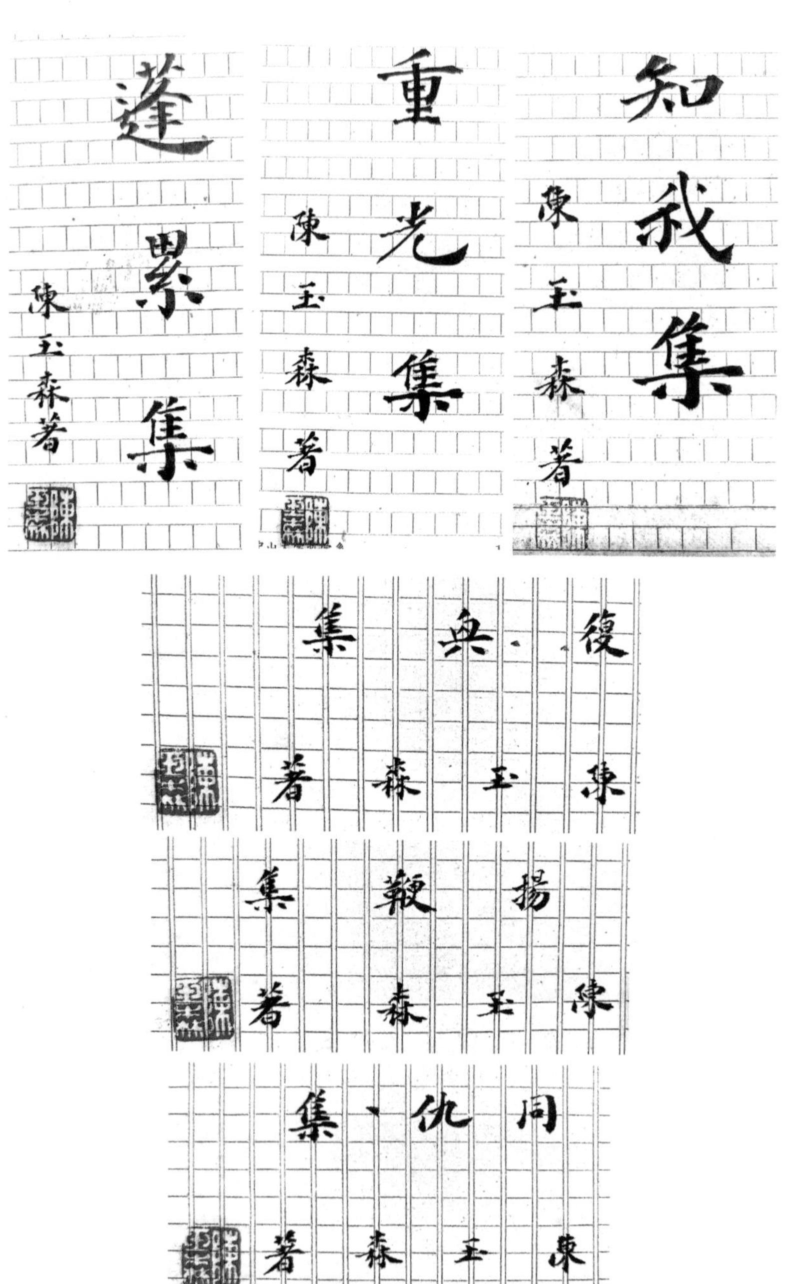

樸廬墨跡

楷枸

材大難為用，誰知有苦心，撐天何趐々，在野自森森。參差愁傾廈，繁霜落滿林。故山翹首望，雲亂日低沉。

題八太姑母遺像

八太姑母一生事佛

那堪人杳像猶存，手挽牟尼道貌溫。悟徹禪機翻入世，臥殘秋月祇歸魂。自鬆罷跡仍株守，未報烏私等母恩。騰浮潸然兩行淚，佛燈無燄對黃昏。

樸廬銘

我抱其樸，我養其氣。誠樸待人，勤樸律己。蓄樸為學，散樸為器。樸以名廬，永斯精勵。

貓兒謠

貓捕鼠，護其主，應指舉，貓偷魚，醜貍奴，罪當誅，貓捕鼠，貓偷魚，偷魚捕鼠飽肚皮，為功為罪貓安知？

貓捕鼠，貓偷魚，吃飽魚

樸廬墨跡

國慶節感懷

五言排律三十八韻

大惡觀今古誰如此妖孫賊心思奎綬勢眼注苞苴欲步唐天后遂師漢呂妁居然傳假命竟尔納奸徒帮派凶成四權謀術弄虛鬥爭唆逞武構陷訖批儒史籍隨心竄文林信口誅忠良蒙戮辱羣衆任侵漁敵國通何急長城忍毀諸競奢揮國庫監謗布帮奴據籍空傷手剝林且及膚國人憎跋扈道路載瞋吁

急雜英雄出臨危籌策抒指揮真若定誅伐止其渠拍手人稱快昂頭氣頓舒紅旗飄四海喜報走寰區虎變瞻文炳龍飛仰德敷堂々華夏業鼎々馬恩模萬國馳歡賀全民頌令譽推心宜愛戴繼志定無渝城郭人文盛賢愚智力輸豈唯巢鸑鷟行見起施篠

老我愁衰病棲心嫓陋孫荷鋤秋月悄撫卷夜鐙枯閉户容嘉遯依人奚索居夢驚烏鵲繞坐感鷓鴣呼貫酒雜成醉行歌強自娛忽逢雷雨作始覺物情蘇更聽陽溝鶴重生涸轍魚講堂搽舊業破涕理殘書

桃李芳應在蓮荷潔不污中華逢大慶多士仰宏圖勵志千秋重儲材四化須文園培寶樹學海探明珠追彼攀登步忘吾殘病軀一堂新舊協百感去來殊孰謂桑榆晚應教櫪馬驅滄桑廻白首萬劫有今吾

一九七九年國慶節書于中山大學哲學系

陳玉森

[seal: 陳玉森]

目錄

第二集・復興集

一九四五——一九四九

第三集・揚鞭集
一九四九——一九六六

第四集・蓬累集
一九六六——一九七六

第五集·重光集

一九七七—一九八六

第六集・知我集

一九八七年退休以後

第七集・思篋集

一九八八年以後

第八集．外集
一九九〇年以後

卷首

代序

李五湖

陳玉森教授，擅文史，尤長於詩。多年來，詩作近千，珠玉紛呈，讀之感人肺腑。過去曾有《樸廬吟草》一卷問世。退休後則自選其中能表達其個人出處大節者成集，並準備將之印就，以饋同行。

此詩卷名《樸廬吟草》，時期從一九三七年起，至一九九〇年稍後一段時間止，由〈同仇集〉而訖於〈思篦集〉，可謂林林總總，目不暇給。其中描繪深刻，讀之使人感歎諮嗟以至催人淚下的篇章不少，〈蓬累集〉之詩，便是此類詩之代表作。時勢迫人，陳老一生坎坷屢遇，故所為詩，多感慨深邃之詞。但歷盡坎坷，鱗甲遍傷之餘，亦有〈垂老樂〉之作，顯見其人生觀並非全然消極，對新時代有所追求，對新氣象有所憧憬也。

陳老曾上過天堂山，以詩癯而攀險峻，以弱骨而戰冰風。此時他年已垂暮，陡上雪山，的確茫茫前路，境況淒涼。故他身陷此境，便情難自抑地寫出了：「此別無家歸夢斷，況云多罪躦行頻。未能絕粟投荒隱，且自攜鑱托命親」，「豈無幽思如春草，縱有丹心化刧灰！門外水流流不絕，聲聲猶訴百年哀」等抑鬱而愁苦的詩句。當時所有高等學府從教人員和廣大知識分子，以所謂向貧下中農學習、艱苦磨煉和改造自己為名，被作為一群羔羊趕到邊陲之地、荒遠之區去「考驗」。不惜以一月拿上百元工資而一月卻生產不到十塊錢糧食去「磨煉」知識分子，致使這些知識分子浪費了大好青春，陷於老而無用的處境。故陳老詩人此際又發出了大家共同的心聲：「誰憐疊嶂參天樹，伐作尋常炭木燒！」

詩人也如不少知識分子一樣，受盡了批判、折磨，後也做了「遷客」。但他卻不因形勢所迫而改志，不為惡浪所打而沉淪。滄海橫流，方見英雄本色。他文儒一介，卻充分顯出了涅而不淄、鍥而不捨的頑強奮鬥精神。他端品守道，刻苦勵行，對世態看得深透，因而不為濁世所左右；他心懷豁達，剛正不阿，因而不因受枉而移志，不為曲學以求榮！

他愛蓮花，因蓮是「不染一塵香自遠」；他愛竹，因竹是「挺節秋彌勁」；他更愛菊，因菊是「本來淡名利，從不羨浮華」。正因為如此，所以即使他作為「遷客」而被遣返回鄉後，還如實地道出了自己的心性，直書：「孤憤未緣鄉俗滅，素心終與世情違」；「但願襟懷常磊落，寧隨貓狗逐腥臊」等憤世嫉俗之句。

陳老為番禺人，他被遣返回鄉後，當地人民群眾對他還一樣尊敬，見其遇而憐其志也。儘管他的內心世界與客觀現實牴牾頗多，群眾卻給予充分理解與諒解，並非存在即合理，而是存在不合理也。

無疑，詩人終於回校有日，但即令歸來，卻滿頭皆雪了。然而，他頭雖白，骨仍頑；目雖枯，情更切！這時，他除靠兒子幫助繼續不斷進行哲學史研究外，詩仍不斷地寫。他心授口傳來進行寫詩寫史，極盡其傳道授業於後輩之能事。春秋屢易，而如是者著述不絕。

但蠟炬成灰心亦盡，我們這位可敬佩的陳老，畢竟以身體過於虛弱而於一九九三年十二月與世長辭了。他的去世，留給我的是敬佩與景仰！我與之時有過從，聞其噩耗，傷痛不已！正值其家人為其召開追悼大會之際，乃作挽聯乙副，以表哀悼之忱，亦藉以明其品學行狀也。挽聯云：

遇雪護緇衣，逢霜嚴布履，形可損，志難磨，儒士高門，豈曾燈滅？

殫精論史學，枯目述詩書，墨雖殘，文尚在，哲中一老，焉許星沉！

陳老雖魂歸天國了，但他的風雅鴻篇必在人間永垂不朽！

一九九四年六月二十八日
於中山大學知春軒

題辭

（以贈辭先後為序）

謝健弘吾師題辭・贈玉森學棣

弱冠憂時見性情，勤研馬列喜偕行。石榴崗上登樓賦，康樂園中帶月耕。樸學熟探先哲隱，著文更映彩霞明。卅年賡韻兼論道，擊壤行歌發正聲。

麥少麐先生題・讀《樸廬吟草》

一曲遏行雲，八百壯士歌。讀詩如讀史，鐵面寫山河。生靈陷塗炭，血肉戰東倭。有感五十韻，世道問如何。打砸錦衣衛，文字起風波。安安萬眾願，興邦除妖魔。年近古稀人，每事歷歷過。笑傲飄清香，佳句鳴玉珂。《樸廬吟草》讀不厭，陳公景行仰巍峨。

李經綸先生題辭・詩人陳玉森惠贈詩集《樸廬吟草》連夜撫誦有得

危坐蕭然寒五更，血凝竹帛筆中情。一聲長嘯破霜曉，星月驚沉雨淚傾。

梁伯彥先生題辭・讀《樸廬吟草》

行暢律嚴入杜門，書生才調豈無根？卷中數見田園趣，難掩崎嶇與劫痕！

自序

余非能詩，而雅好詩，蓋詩者發於心而著於聲，喜其足以言志抒情也。弱冠以來，屢遭世變，余不能無感焉。每有所感，即發之歌詠，或直抒其事，或寄之品物，非欲刻意求工，亦用以言志抒情而已。如是者久之，積纍成帙，不下千餘首，名曰《樸廬吟草》。

夫樸者本也、質也，取其質樸無華之意爾。然事之推演無常，情之變化罔極，則所歌詠亦有所愛憎，有所頌刺。而愛憎也、頌刺也，一本於吾心之本然，求能達意而止，不事雕飾，此余集之所以名「樸」也。是集之編，非敢問世，一則大略編年，聊紀行實；一則以明個人之節操，思想之變化。他日或問：樸廬主人果何如人也？則心聲具在，覽斯集焉可矣！

是為序

番禺陳玉森

編輯說明

先父一生研習文史，填寫詩詞千餘。生前即有整理付梓之意，然終未如願。我兄妹五人深自愧責，乃合力整理其遺稿，歷時三年，成此《樸廬吟草》（合校本），以寄懷念之情。

「樸廬」乃先父居室名，其詩詞總集亦因之自名曰《樸廬吟草》。可惜「原始本」已於文化大革命期間被毀。現所見「手稿本」乃文化大革命先父被遣返回鄉，勞動之餘，憑記憶重記。用毛筆正楷者為一至三卷；第四卷為鋼筆所書，有兩個本子，一為草稿本，一為謄正本，皆出先父手筆。後落實政策，返回中山大學，繼續編撰第五卷，亦為親手鋼筆所書。第六卷亦有兩個本子，一為先父用鋼筆手書，然此時視力日差，後半部已不甚整齊；另一本則由幗瑤記錄謄寫。第七卷及外集則由我兄妹各人抽空記錄而成。第一至七卷均裝訂成冊，每卷自成一冊。外集則記於稿紙，未暇裝訂。一至六卷均有先父用毛筆題簽。此乃《樸廬吟草》之大觀，亦是今天能見到的先父親自整理的詩歌全集。第一、二、三卷及第四卷之謄正本和第五卷為先父親筆所書，我們稱之為「手稿本」。第四卷之「草稿本」及後半部不整齊之第六卷，均稱為「草稿本」。其餘各卷由幗瑤等人謄正者則稱之為「全集本」。

於文化大革命期間，先父囑憲猷抄錄其所記於雜物中的詩稿一本，現在我們稱之為「初抄本」。

一九七九年以後，先父獲平反回中山大學任職，並於一九八四年二月，應友人之請，選出數十首，用油印刊出，當時命名曰《樸廬吟草》，實乃一簡選本而已。我們在校對時則稱之為「油印本」。

先父退休後，命幗瑤、幗雄、幗新、幗嫦協助編輯，並記錄而成《樸廬吟草自選集》，我們在校對時稱之為「記錄本」。

在《樸廬吟草自選集》的基礎上，先父臨終前又命幗嫦協助選出《樸廬吟草自選集（修正初稿）》，中有不少修改之處，我們在校對時稱之為「自選修正初稿本」。

此外，尚有筆記本一冊，內載有詩若干首，內容主要是第五集的詩作，亦間有第四集者，乃家父在文革中隨時記憶所錄，我們在校對時則稱為「筆記本」。

至於目錄，各版本均有詳略之異，此「合校本」則以「手稿本」或「記錄本」為準。

此「合校本」，主要以「手稿本」為底本，以「記錄本」為第一校本，並參校其他版本。至於散見發表於各書刊的篇什有與此版本所載不同者，原因有二：一乃出於其時有關刊物排版之誤，或出於編輯之改，此均非先父原意；二乃先父後來對該詩有所修改。故發表於各書刊之作品均不作為校對之根據。在校對中，若無指明出處者，均據「手稿本」或「記錄本」。至於其中有明顯錯別字或標點不規範者，則徑改，不出校。

《樸廬吟草》由先父手書編輯者均以「卷」編次；由我們兄妹遵囑記錄編輯者，則易「卷」為「集」；故此「合校本」亦稱「集」而不稱「卷」，「卷」「集」其實一也。此「合校本」，非敢問世，但作親人懷念之物而已。惟此之故，亦希望它是一個最佳的版本。

男　憲猷謹識

一九九六年四月

第一集　同仇集

（一九三七——一九四五【一】）

註：

【一】「油印本」作「一九三八年至一九四五年」，「初抄本」則作「抗日戰爭時期」。此從「記錄本」。

樸廬銘

我抱其樸，我養其氣。誠樸待人，勤樸律己。蓄樸為學，散樸為器。樸以名廬，永斯精勵！

八百壯士歌【一】

【猷按】「自選修正初稿本」原按語曰：「此詩一九四一年作，曾於解放後根據《團結報》稍有更改，非求華也，求其更近於實也。後有數詩亦有所更動，皆此意。」「解放後」，「記錄本」作「一九五二年」。「記錄本」於詩題下有序曰：「一九四一年五月作，一九八五年九月改。」而於詩末則云「一九五二年根據《團結報》稍有更改」。蓋此詩先父曾有多次修改，始於一九五二年，至一九八五年乃定稿，故「自選修正初稿本」云「解放後」。可惜歷次修改稿均不存矣！

柔波瀲灩申江水，逐隊名姝兼冶子。悠揚絲竹徹清宵，掩映燈花連海市。鮮車怒馬慣遨遊，金迷紙醉何時已！由來孤島作天堂，那解民傷知國恥！一朝大敵來移國，豪門春夢煙塵委！「七．七」以逮「八．一三」，蘆溝火蔓天堂裡。妖氣彌漫塞海空，全民苦抗從茲始。瀏河閘北盡烽煙【二】，啾啾故壘添新鬼。

時有英雄謝晉元【三】，叱吒風雲天地翻。八百健兒皆鐵骨【四】，四行倉庫如銅關。誓以頭顱報家國【五】，能將血肉迎硝煙。硝煙蔽日高山撼，壯士成城眾志堅【六】。不羨頭銜加一官，不愁援絕兵力單。不須馬革裹屍還，但願一死重泰山。刁斗宵深神鬼哭，倉庫樓危馬甲殷。一紙家書無別念，光明贏得照人寰【七】。

敵軍攻勢如奔浪，機槍大炮頻相向。衝鋒更迭撲高樓，我一能將百十擋。

屢衝屢潰任囂頑，巋然不動威嚴仗。手榴彈藥繫周身，轟然身共群兇喪。戰情博得萬民稱，成仁烈士多悲壯【八】！

陰風颯颯骸成網，外援竟絕無餘餉。惟將死節勵軍心，豈待黃金為犒獎。萬民奮起衝槍林，捐輸救護來車輛。敵寇重圍鳥不飛，大旗依舊高飄蕩【九】！敵眾我寡無奈何，難鳴一旅如孤掌！終教揮淚入租界，群呼振臂如雷響【一〇】。租界景物自繁華，花天酒地無心賞【一一】。

英雄氣短愴餘生，洋腔異曲空有情【一二】！蕭蕭風雨鳴雞夜【一三】，渺渺河山唳鶴聲【一四】。八百健兒同不寐，不堪殘月照孤營【一五】！長年寄跡能何事，暮講晨操日練兵【一六】！

於時竟有無髭客【一七】，口似夷齊心似蹠。害盡蒼生意未厭【一八】，賣國求榮甘媚敵【一九】。欲摧家國棟樑材，苦心構陷供羅織。高官厚祿誘不成【二〇】，遂教刺客跟蹤擊【二一】。當頭鐵鎬血淋漓【二二】，山頹天日慘無色。將軍壯志未曾酬，忍令萁豆相煎逼！將軍節義豈畏死，獨憐柱石毀奸逆。一片忠心血並紅，千秋揚子波長激！中國人歌「不會亡」【二三】，英魂化作擎天力！

註：

【一】原註：「此詩於一九八五年據《團結報》修改定稿。」

【二】「由來」至此數句，「手稿本」作「由來孤島是天堂，那解千秋亡國恥。一朝大盜國為移，萬家春夢煙塵委。妖氣彌漫塞海空，官兵百萬皆披靡。瀏河閘北盡狼煙」。

【三】「時」，「手稿本」作「忽」。

【四】「健兒」，「手稿本」作「貔貅」。

【五】「報家國」，「手稿本」作「作兵器」。

【六】「壯士」句，「手稿本」作「壯士揮拳肩並肩」。

【七】「手稿本」無「一紙」以下二句。

【八】「手稿本」無此段。

【九】「陰風」至此數句，「手稿本」作「陰風颯颯骸成網，羅空雀盡無餘餉。惟將死節勵軍心，那有黃金為犒獎？敵寇千重鳥不飛，國旗猶見高飄蕩」。

【一〇】「群呼」，「手稿本」作「一呼」。

【一一】此句，「手稿本」作「花團錦簇何心賞」。

【一二】「洋腔異曲」，「手稿本」作「秦笙越調」。

【一三】「鳴雞夜」，「手稿本」作「雞鳴夜」。

【一四】「唳鶴聲」，「手稿本」作「鶴唳聲」。

【一五】「孤營」，「手稿本」作「西營」。

【一六】「手稿本」無此兩句。

【一七】「竟有」，「手稿本」作「獨有」。

【一八】「害盡」，「手稿本」作「殺盡」。

【一九】「賣國求榮」，「手稿本」作「一笑睮睮」。

【二〇】「手稿本」無「苦心」兩句。

【二一】「跟蹤擊」，「手稿本」作「殷勤覓」，又作「千金覓」。

【二二】「當頭鐵鎬」，「手稿本」作「一聲霹靂」。

【二三】「記錄本」原註：「『中國不會亡』為歌頌八百壯士之歌，在抗日戰爭中長期流行。」「一片忠心」以下四句，「手稿本」作「耿耿忠心一片丹，萋萋芳草千年碧。忠魂雖杳國魂存，揚子江頭雲寂寂！」

羊城謠

（戲改黃公度〈臺灣行〉【一】）

城頭信誓如潮怒，青天白日旗高豎，東夷蕞爾敢吾侮！居然妄把羊城取【二】！憶昔辛勞我國父，披荊斬棘營斯土：北有飛鵝南有虎，天然關塞何險阻。中華革命此淵源【三】，五大洲中誰不許？今日舍戰無他語【四】，一心一德齊步武。恥為奴者其死拒，甘為奴者刃剚汝！

金城湯池士氣驕，河山慘澹風蕭蕭，一聲炮響千人逃【五】。將軍不見大樹飄，夾道俯伏惟求饒：小臣有妾美且嬌，好為大王舞折腰；小臣有廈深且廣，好侍大王暮復朝。

吁嗟乎，昔時大節今如何？萬古空傳正氣歌！

註：

【一】「手稿本」無「戲」字。

【二】「妄」，「初抄本」作「欲」。

【三】「中華」，「初抄本」作「由來」。

【四】「今日」，「初抄本」作「今朝」。

【五】「千人」，「初抄本」作「異城」。

賣兒行

賣兒悲，賣兒喜。賣兒終身作奴婢！奴婢雖苦辛，眼前不即死！劫殘人賤奈兒何【一】，昔日朱門見荊杞！孤兒繈負走天涯，天涯處處亂兵起！亂兵雖暴未足傷，有時尚得歸鄉里。最傷苛政猛於虎，吸人脂膏到骨髓。紛紛酷吏急索租，賣兒曷足官租抵？孤兒別母啼呱呱，饑寒但恐無人買【二】！

嗟哉天下有心人，愛群愛群竟如此！

註：

【一】「劫殘」，「手稿本」原作「劫餘」，「餘」旁有小字「殘」。

【二】「手稿本」於「但恐無人」四字旁有小字「卻慼東家」。

無題【一】

碧玉寒樓夜氣侵，可憐人臥影沉沉。應知野鶴無凡骨【二】，誰識青蓮有苦心【三】？對月但嗟流水逝，看雲長覺遠山深。惟將萬點相思淚，寫遍龍文細細吟。

註：

【一】此詩唯見於「初抄本」。據回憶，此詩乃文化大革命初期所作。其時先父已遭批鬥，部分詩稿已散失，於是囑憲猷抄錄，以防不測，並把其時之作編藏於解放前詩什中。後先父被遣送回鄉，為避嫌又刪去若干首。此詩乃在被刪之列，而不見於其餘各本。今依原貌編錄於此。後有數詩均仿此。

【二】「應知」，曾作「衝天」。

【三】「誰識」，曾作「出水」。

贈別

【猷按】據回憶，此詩似寫於文化大革命初期，詳見上〈無題〉詩註。

殘霞無計駐年芳，珍重臨歧莫斷腸！大海昔曾沉白馬，天涯今已墮紅羊。雲來祇合龍先起，弓影猶憐鳥獨傷。我正退藏君變化，那堪相對立斜陽！

題山水圖【一】

【猷按】據回憶，此詩似寫於文化大革命初期，詳見上〈無題〉詩註。

野水風初急，秋山雁不孤。人間煙海闊，小住話蓬壺。

註：

【一】此詩唯見於「初抄本」。

夜

【猷按】據回憶，此詩似寫於文化大革命初期。詳見上〈無題〉詩註。

萬物無言月自明，青松螻蟻樂其生。樓頭獨有離人恨，悄倚斜欄數驛亭。

無題【一】（二首）

【猷按】據回憶，此詩似寫於文化大革命初期，詳見上〈無題〉詩註。

碧欄十二絢紅霞，紅杏偎人夕照斜。豈是六朝金粉地？隔江高唱後庭花。
層樓傑構玉玲瓏，裙屐翩翩一座中。酒暖鬢香人醉後，誰知天外有哀鴻。

註：

【一】此詩唯見於「初抄本」。

清明

【猷按】據回憶，此詩似寫於文化大革命初期。詳見上〈無題〉詩註。

故鄉前日是清明，壺酒青郊十里晴。別恨只添羈旅夢，新愁無奈水流聲！
楊花點點皆春色，燕子雙雙有故情。何事江山渾不似，天涯淪落一書生！

旅港寄友人【一】

崑崙同一脈，千古共綿延。涇渭本分流，咫尺豈或遷。清濁兩有殊，物性固已然。人情亦云爾，豈唯山與川。
憶昔我與君，情意何拳拳。況復梓里間，道義同一肩。剖將膠漆心，結取文字緣。我過君匡之，君言我勉旃。我詩君口遍，君句我心憐。村居亦云樂，何處不翩翩！

一朝日月昏，莽莽乾坤旋。驅我渡江來，逐逐客心煎。香海有高樓，高樓非故園。香海多車馬，車馬非吾軒。愁煞思君心，思君何所言？未言先涕泗，翹首向青天：結交有二途，輕重唯君權。世人重形質，百載付塵煙。曷若神交好，悠悠萬古存。清清明月夜，靄靄白雲巔。中有參與商，相見是何年？

註：

【一】此題，「初抄本」作「旅港寄霜筠」。

答友【一】

夢破微痕縹緲初，迢迢雙鯉玉緘書。故人一別詩懷爽，休向天涯問劫餘。

註：

【一】此詩唯見於「初抄本」。

夜泛香江有感【一】

一生豪興愛清遊，又著輕衣入小舟。地遣青山添秀色，天教明月趁風流。燈花掩映香江晚，關塞蕭條蘆荻秋。觸忤鄉心無限感，煙波雲樹兩悠悠。

註：

【一】此詩唯見於「初抄本」。

中秋泛月

飄零一葉向天涯，對月臨流寄所思。寂寞雲山空有淚【一】，淒涼水石是何期！孤村小泊猶多露，殘梗經秋剩幾枝。北望粵江迢遞處，不堪人事日迷離！

註：

【一】「空」，「初抄本」曾作「應」。

新豐雜詠（八首）

去歲披榛梗，離家作遠征【一】。揚鞭先祖逖【二】，共策洗胡腥【三】。萬里黃塵合【四】，連年白骨縈【五】。蕭蕭吾獨往，把劍氣難平。

筆舌權為劍，生涯執教鞭。斯文寧喪盡？涕淚莫潸然！故國重重樹【六】，孤村嫋嫋煙。旅愁無限處，詩思滿江天【七】。

新豐古城郭，群山碧四圍。齊民多儉德，破屋隱清輝【八】。野草經秋盡，寒鴉噪暮饑【九】。仰天一長嘯，吾道豈全非【一〇】！

東江連萬壑，天險作湯池。峻嶺為屏障，洪濤似怒獅。艅艎真浩蕩，鐵馬慣驅馳。合上平戎策，乘秋早練師！

憶弟江干立【一一】，雲生澗壑寒。秋深見松柏，風動起波瀾。落日千峰碧，殘霞萬里丹。濠江不可望，長路正漫漫。

獨坐南窗下，悠然念故交。寒桐經雨後，孤月隱松梢。泛泛萍浮水，啾啾鵲有巢【一二】。憑欄莫翹首，霜露遍荒郊！

盡作田園想，何堪國步艱！秋風頻度鳥，落日正沉山。雲白江千轉，霄青月一彎。我家在何處？獨自望鄉關。

乍睹平安字，中宵喜若狂。卷帷方欲起【一三】，對月正生光【一四】。大地澄無滓，天涯夜有霜。遠遊人自若，誰語慰高堂！

註：

【一】「作」，「初抄本」曾作「賦」。

【二】「祖逖」，「初抄本」曾作「逖影」。

【三】此句，「初抄本」曾作「尋計滅秦嬴」。

【四】「黃塵合」，「初抄本」曾作「雲如燒」。

【五】「白骨縈」，「初抄本」曾作「血自腥」。

【六】「重重樹」，「初抄本」作「離離黍」。

【七】「滿江天」，「初抄本」曾作「轉芊眠」。

【八】「齊民」兩句，「手稿本」作「劫餘留斷瓦，風急慘斜暉。」

【九】此句，「手稿本」作「寒鷗颭水飛」；「初抄本」則曾作「哀鴻逐隊飛」。

【一〇】「全」，「初抄本」曾作「曾」。

【一一】原註：「時二弟、三弟旅澳門。」「旅」，「初抄本」作「居」。

【一二】「鵲」，「初抄本」曾作「雀」。

【一三】「卷帷」，「初抄本」曾作「薄帷」。

【一四】「正」，「初抄本」作「乍」。又此句，「初抄本」曾作「明月正生光」。

與石樓小學諸同事月下共酌

松醪一盞勸君寬，霜雪雖寒意未寒。自撫寸心明月似，好留清影雅人看。

風塵怪底嗟牛喘，世事憑誰認獺肝。贏得故鄉情味在，休論水剩與山殘。

次韻霜筠冬至感懷【一】

當時那信獨歸來！矢志雲天石可開。皮骨未堪三載瘁，江山寧有一陽回？興亡度外猶焦慮，俯仰人間止劫灰！至日初長唯痛飲，憑欄按劍莫低徊。

註：

【一】此詩唯見於「初抄本」。

黃花節有感【一】（二首）

革命淵源地，紅羊萬劫餘。雲山虛想像，胡馬雜悲吁。故國春安在？忠魂影未孤。感懷周麥黍，人事一何殊！

莫道黃花事，黃花已黯然！胡塵傷百粵，披髮愴伊川【二】。大地遊狐兔，春風泣杜鵑。問誰後死者，終不愧黃泉？

註：

【一】「有感」，「初抄本」作「感懷」。

【二】「愴」，「初抄本」曾作「憶」。

閒適【一】

舊夢黃粱事有無，風霜渾已厭馳驅。未須狡兔營三窟，且買扁舟放五湖。
盡日心情酣水月，滿天煙雨話蓬壺。此身莫笑癯如鶴，似勝團團一俗夫。

註：
【一】此詩唯見於「初抄本」。

贈家素亶老先生

先生儒醫也，德高望重，為村民所敬仰【一】。

藥囊花筆兩關情，八秩翁真步履輕。莫道投閒多白髮，應知托命有蒼生。
家緣積善春常在，詩為無求老更清。好是江村門近水【二】，四時先得月光明【三】。

註：
【一】「手稿本」無「德高」以下數字。
【二】「江村」，「初抄本」曾作「江鄉」。
【三】此句，「初抄本」曾作「未黃昏已月先明」。

答友人【一】

論交天地間，所貴心相知。人生任遭際，得意能幾時？憶昔我與君，一見兩神思。談笑春風生，歡言詩與詞。東園詠桃李【二】，西園唱竹枝。群英何燦燦，暖日何遲遲！

何事竟匆匆，與君生別離！迢迢百里程【三】，緣數亦云奇。唯心可相印，唯道可相期！

今日好風來，雙鯉故人貽。祝我琴瑟樂，索我薑酌卮。感君一片心，四顧忽如癡。魚尾我勞頳【四】，我馬亦曾疲。歸作田園隱，結此兒女私。田園縱云樂，鎮日竟何為？豈無衣與食，鄰里苦寒饑【五】。豈無管與弦，道路常吁噫。舉目諸權貴，回首眾疲羸。炎熾蛾趨火，巢危燕昧機。茫茫此一生，何處足驅馳？安得與故人，訴此中心悲！

註：

【一】此題，「初抄本」作「答肇榮」。

【二】「詠」，「初抄本」曾作「植」。

【三】「迢迢」，「初抄本」作「悠悠」。

【四】此句，「初抄本」作「魴尾我曾頳」。

【五】「苦」，「初抄本」曾作「為」。

贈別亦吾家先生【一】

珠江愁絕忍相分！叔世何之一問君。此去山泉憑演道，他時風雨孰論文！
黃花岡上層雲黑，鎮海樓頭白日曛。劫後定多城社感，敢煩魚鳥報觀聞！

註：

【一】此詩唯見於「初抄本」。

辛巳七夕【一】（分得虞韻）

天孫織罷錦千株，修飾明妝態自殊。好趁香輪憑月姊，為聽清漏望黃姑。
銀河欲渡雲先接，翠幄經過鵲已鋪。最是週年才一會，仙家識得別愁無？

註：

【一】此詩唯見於「初抄本」。

悼周惠敏同志

接趙準生同志書，謂新豐階級鬥爭異常激烈，國民黨特務到處抓人，嚴刑逼供【一】，慘絕人寰。周同志於一九四〇年夏被抓，與特務頑強鬥爭，英勇犧牲。痛極！賦此追悼。

【猷按】據回憶，此題與序均解放後補擬。

山館聯床憶舊盟，江濤如怒月華明。豈知一夕豪雄語，化作今時感慨聲！
熱血已澆芳草碧，寒流空咽白雲橫。淒涼最是思君夜，新鬼啾啾未厭兵！

註：

【一】「逼供」，「初抄本」曾作「拷打」。

三月七日夢醒口占【一】

干霄愧我蘭單步，夢醒江鄉百念清。萬物似秋詩更冷，一星如月曉彌明。
失同塞馬寧非福，病到維摩轉有情。門巷幽深雞唱遠，晨光應已入柴荊。

註：

【一】此詩唯見於「初抄本」。

壬午端陽

五月五日何喧闐，龍舟競渡聲淵淵。群兒鼓掌大歡笑【一】，招邀奔走如狂癲。

時余獨自臥床上，四體困乏心勞牽。因憶曩昔太平日，珠江萬派清且漣。一河兩岸樹陰綠，人聲洶湧如沸泉。一龍氣勢吞滄海，一龍夭矯淩青天。須臾漸見群龍集，翻天覆地乾坤旋。藍橈赤槳萬爪舞，焦黑臂膊蒸烏煙。歡聲雷動孰先捷，拇指競豎紛江邊。

乃自百怪據江海【二】，江天寂寞垂五年。噬人一口及骨髓，村原夜夜誰安眠？萬人欲死死不得，曷有暇晷為流連。忽聞今日群龍見，快起屹坐胸豁然。嗟余臥屙不得出，對龍默禱心徒虔。龍兮龍兮汝靈物，豈令百怪交相煎！何時風雲一變化，鱷魚遠徙鯨鯢捐。

註：

【一】「歡笑」，「初抄本」曾作「囂叫」。

【二】「百怪」，「初抄本」曾作「怪物」。

六月

六月禾初熟，大雨雨不止。吏胥急索租，租稅竟倍蓰。吏胥看農怒，老農面蒼紫。忍向吏胥前，倉皇一啟齒：「舊米無宿糧，新穀禾生耳。小兒啼饑聲，老妻病不起【一】。三日寬我期，好賣犁與耜！」

吏胥一何嗔：「斯言毋乃詭。顧我是何人？便供汝驅使！」左手握農吭，右手批農嘴。農怒抗吏胥，搏鬥忘生死【二】。聞道官家廩，舊米成塵滓。歉歲安足愁，翻得獨專市【三】！前日迎阿嬌，人施一把米。自譽「大官慈，愛民如赤子【四】！」

註：

【一】「病」，「初抄本」作「臥」。

【二】「初抄本」無「農怒」兩句，而獨有「稚子哭牽衣，衣破如裂紙。雞狗亂吠啼，愁雲慘欲死。」四句。

【三】「獨」，「初抄本」作「價」。

【四】「自譽」兩句，「初抄本」作「共羨大官肥，『愛民如赤子』。」

前村居雜詠【一】（八首）

歷劫且歸去【二】，烽煙變梓桑。極知非故國，畢竟是家鄉！落日荒山道【三】，悲風破草堂。但看親健在，喜極倒翻傷！

廢苑昏黃地，相逢有故人。驚餘惟苦笑【四】，亂久幾交親！寒月寂枯樹，霜天嚴四鄰。生還對知己，應與話酸辛！

野花只自發，林鳥仍相喧。世變非生事，春歸且故園。俗人任白眼，興會隨清尊。榮枯安足問，一醉空乾坤！

白面誰家子？春風爛綺紈。呼盧遺玉帶，走馬彈金丸。斗酒邀人醉，千金買笑看。安知翠樓下，僵臥有孤寒【五】！

江水無情甚，流屍逐暮鴉。幾人鬥機巧，有女偷悲嗟【六】。急警連三日【七】，餘殃及數家。仙津如可問，吾欲泛桃花！

軍歌徹東土，殺氣騰西營。大長方高宴，小民休出行。巷深吠宵犬【八】，燈燦流春鶯。夜夜長如此，村原多怨聲！

處處誅求急，千金不抵租。道常逢棄子，人盡恥為奴。灶冷薪如桂，年荒米等珠【九】。盡宣今政美，終願任萑苻！

世情長若此，吾道竟如何【一〇】！故國浮雲遠，秋郊白骨多。一江悲浩蕩，五嶺愁嵯峨。聞道官軍順，於今儲牧頗！

註：

【一】「初抄本」無「前」字。

【二】「歷」，「初抄本」曾作「萬」。

【三】「日」，「初抄本」作「木」。

【四】「苦笑」，「初抄本」曾作「一醉」。

【五】「僵臥有」，「初抄本」曾作「別有眾」。

【六】「有」，「初抄本」作「一」。

【七】「連」，「初抄本」作「猶」。

【八】此句，「初抄本」作「風悲叫秋雁」。

【九】「灶冷」兩句，「初抄本」曾作「歲歉木生耳，家貧米等珠。」

【一〇】「世情」兩句，「初抄本」作「世事長如此，吾生竟若何？」

七夕

風涼雲淨漏遲遲【一】，天上人間玉露滋。長夜肯教秋放曉，芳心惟有鵲先知。巧終誤世誰爭乞？別縱居仙也要悲。我欲乘槎泛滄海，雙星如月看多時！

註：

【一】「雲淨」，「手稿本」作「人靜」。此從「初抄本」。

吊石樓八景【一】（八首）

前人有〈詠石樓八景〉之什【二】，抗日戰爭後，家鄉淪陷，烽煙滿眼，景物蕭條。作〈吊石樓八景〉，聊寄感事傷懷之意爾！

註：

【一】此詩組，各本均無詩題前之序號，此從「初抄本」。

【二】「初抄本」無「詠」字。

一、竹園鳥語

猶記琅玕百鳥喧【一】，只今殘照吊荒園。文鸞未肯巢荊棘，白鶴空歸訪子孫。歷劫定無餘卵在，撐天倘有一竿存？退藏我愴危屯會【二】，怕撥榛叢覓舊根【三】！

註：
【一】「猶」，各本均作「曾」，此從「初抄本」。
【二】「愴危屯會」，「初抄本」曾作「遇明夷日」。
【三】「撥」，「初抄本」曾作「向」。

二、荔圃蟬鳴

買夏徒傳舊圃名，紅雲無復奏簫笙【一】。寒塘野草無遊侶，廢壘殘垣有散兵【二】。暫止枯枝蟬莫飽，空懷陳跡荔如瓊。蕭條最是江村暮，返照荒庵禮佛聲【三】！

註：
【一】「無」，「初抄本」曾作「誰」。「奏」，「初抄本」曾作「聽」。
【二】「殘垣」，「手稿本」作「殘林」。
【三】「返」，「初抄本」曾作「夕」。

三、獅江帆影

恨深如海怒如獅，來趁秋帆日夜馳。影落但驚寒月暗，潮回猶打石堤欹。乘桴浮海寧終隱？擊楫臨流獨賦詩。自顧形容惟一歎，波瀾正待挽狂時！

四、馬嶺松陰

無復濃陰萬棵松，馬岡兵後白雲封。寒枝薄暮愁歸鶴，大陸何年起蟄龍？天外濤聲江尚湧，秋深山色水猶淙。抱殘我獨能何事【一】，犯露來尋傲雪蹤！

註：

【一】「獨能何事」，「初抄本」曾作「愴遭千劫」。

五、練溪釣月

手挽絲筒認舊堤，劫殘生事此幽棲。不堪漢月成胡月【一】，且把磻溪擬練溪！幾隊遊魚隨上下，一竿香餌試醒迷。誰知世路多罾罥【二】，悟得蒙莊物我齊【三】！

註：

【一】「不」，「初抄本」作「未」。

【二】「誰」，「初抄本」曾作「原」。

【三】「悟得」，「初抄本」曾作「好悟」。

六、沙浦鋤雲

南浦迢迢擁白沙，歸持苦節理桑麻。曲肱飲水成天趣，種菜棲幽度歲華【一】。淒絕故園看麥黍，幻成蒼狗任雲霞【二】。荷鋤未必全非計，且惜春光育幼芽【三】。

註：

【一】「歸持」以下三句，「手稿本」作「誰令歸去話桑麻？白雲處士宜披褐，舊日王侯只種瓜」。此三句，「初抄本」則曾作「誰令歸去種桑麻！連畦菜綠英雄老，十里黃雲處士家」。「記錄本」初同「手稿本」，然改「白雲處士」作「寒門野老」；後復改作今句，但「度歲華」則作「遣歲華」。此據「自選修正初稿本」。

【二】「雲霞」，「手稿本」作「煙霞」。

【三】「育幼芽」，「手稿本」作「護幼芽」。

七、蓮岩懺佛

乾坤日夜漫烽煙【一】，面壁誰還坐九年【二】？空谷似聞鐘磬發，荒山不見佛燈傳！鷲嗚塔影僧何在【三】？獅吼江潮恨未湔。太息行藏無一是，人間豈有大羅天【四】！

註：

【一】「漫」，「初抄本」曾作「正」。

【二】「誰還」，「手稿本」作「誰曾」。

【三】「鷲嗚」，「初抄本」作「雁回」。

【四】「豈」，「初抄本」曾作「安」。

八、石礪歸樵

莽莽榛蕪靜四圍，野鴉嗚噪送樵歸。斜陽古道餘灰燼，病木荒山失翠微。擔壓雙肩人盡瘦，棋殘一局世全非。析薪縱有傳家業，慟哭千村孰療饑！

晚值風雨寄懷家亦吾先生

萬里烏雲遮落日，扁舟何事不歸來？世成末劫今何道？心為先生未即灰。

大海渾茫天接水，太陰昏黑地行雷。可知夙昔論文侶，獨坐蕭蕭風雨哀！

石樓小學校內枯桃冬日著花有感（二首）

【猷按】此題，「初抄本」作〈枯桃秋日著花感賦二律〉。此詩，各本均只錄第一首，題後無「二首」兩字。今據其例補。第二首則據「初抄本」補。「石樓小學」，各本均作「石小」，蓋縮寫也。此依前後數詩之例，改為全稱。

一枝菑豔本仙材，卻卸紅妝憑綠苔。奇卉未妨霜下發，此身曾是劫餘來！休令曼倩偷三折，為憶劉郎始半開。明月空山惟剩汝，殷勤誰肯重栽培！

早栽悲句為鄰香，卻訝紅霞爛夕陽。人世尚須防阮婦，此生何以報王郎？未堪一簇仍無主，欲發奇葩故有霜！秋月春風渾莫管，小園珍重播芬芳。

詠懷【一】

青青山上松，磊磊澗底石。獨坐涼風生，悠然會閒適。野鶴時一鳴，俯仰萬慮滌。安得跨鶴遊，飄然奮高翮。下視人間世，群動相煎迫。烽火彌天際，鬼魅號長夕。我為一嗥嘯，百妖皆遁跡。如蟻戰方酣，大風吹辟易。天地無私被，日月光重覿！

註：

【一】此詩唯見於「初抄本」。

初冬夢醒口占【一】

南國初冬氣尚秋，夜闌身似坐虛舟。生平癖好惟書史，家住江村與鶴儔【二】。

註：

【一】此詩唯見於「初抄本」。

【二】「住」，原作「任」，疑為筆誤，逕改。

石樓小學寒假宴席【一】

三秋贏得未離群，急警鄉關自糾紛。莫怪苟安全性命，只緣撥亂守斯文。

極知勳業慚家國，惟把心肝照眾君。今日課餘無一事，聊將杯酒傲煙雲【二】！

註：

【一】此題，「宴席」後，「初抄本」有「奉酬眾同事」五字。

【二】「聊將」，「手稿本」作「好將」。

贈家永梁先生

先生儒醫也，有著作問世。

方喜靈蘭響嗣音，烽煙南國忽相尋。劇憐灰劫逃名後，猶是元黎托命深。星夜每看茅點穴，鄉關真覺杏成林。獨慚我疾兼嬰匱，可乞先生一換心？

寒夜小雨有懷永梁先生【一】

社鼠城狐未可群，小樓獨坐靜心君。一燈雨雪嚴深巷，數縷爐煙讀古文。樹有早梅寒更豔，家藏春釀熟彌芬。先生高臥香山久，吟飲相仍好共醺！

註：

【一】此題，「初抄本」作「寒夜小雨，次韻介公召棠宴席之作，寄贈家永粱先生」。

癸未元旦述懷【一】

滅秦無計只歸耕，卻羨蒙莊學養生。春到桃花曾幾劫？夢回蝴蝶自多情！漫言胥吏驚禽犬，且任兒童鬧鼓鉦。門巷喧闐君莫怪，爆聲聊當凱歌聲！

註：

【一】此詩唯見於「初抄本」。

述懷【一】

書生本性太剛遒，不肯逢人輒頌優。氣每難平潮湧月，世偏多幻蜃成樓。心懷家國鶴鳴野，志薄雲霄鷹脫韝。自撫頭顱惟一慨，羲皇鞭日快於郵！

註：

【一】此詩唯見於「初抄本」。

醉歌行【一】

參加鄉校宴會，席上作。諸師友皆陳族伯叔兄弟也。

大亂獨鄉居，生事十變九。烽煙滿眼多劫灰，仁風義氣今何有【二】。禺山練水且培材【三】，灌園去穢存菁秀。豈有冰銷解凍時，桃紅李白春光透。暫滌愁腸一夕歡，鄉庠小宴邀師友。雅會原無主客分，縱情疏放憑詩酒【四】！

塵世難逢笑口開，試摘胡天月下來。化作明燈照顏色，人影雜遝紛相偎。盤飧粗薄人情厚，園蔬溪鯉舊家醅【五】。我昔不飲今百杯！醉便騎龍躡東海，臨流拔劍澄妖埃。興來不覺夜氣冷，興盡欲訴生平哀【六】。

酒酣夜闌百憂集，萬事回頭風電急。巾箱江左盡飄零，金粉南朝空掩泣。木棉花發為誰紅？珠海波翻向人立！

不堪惆悵望中都，行路昂藏誰丈夫？江南江北皆強胡！明月樓頭傷怨婦，延秋門外呼悲烏。嗟余歸鄉五載餘，燃萁煮豆無時無！世事盡隨滄海變，廿年真負胸中書！

今夕何夕對諸子，歌嘯一堂俱未死。故國傷心無奈何，古來志士多如此！休嗟坎壈黑頭蒼，且盡歡娛杯酒裡。豪吟拇戰任顛狂，氣掃千軍誰可比？謫仙醉臥傲王侯，陶潛痛飲歸田里【七】。

高歌兮，滔滔逝水自流東，安得四座常春風！君不見劉伶死後醉侯封，李廣百戰終無功。又不見我祖玄德公【八】，回天無力心精忠，乃隱番山禺山中。悠悠千古更誰人，陶然一醉乾坤空！

註：

【一】本詩於文化大革命時期修改。此小序，「手稿本」作「沛時校長宴席，奉酬石樓中學、小學諸同事」。

【二】此句，「手稿本」作「禿筆一枝復何有」。

【三】「且培材」，「手稿本」作「誰最賢」。

【四】「灌園」以下七句，「手稿本」作「沛時先生名滿口。閱世一何深，論交素不苟。豈無車馬駐江干，先生洗耳甘南畝。豈無三徑足幽棲，先生教化勤開誘。相逢便覺氣如蘭，況是鄉庠推祭酒」。

【五】「塵世」以下六句，「手稿本」作「春風得意桃李開，先生邀我傾金罍。院落沉沉星月皎，清影雜遝紛相偎。明燈絳蠟照顏色，炰鱉膾鯉仍相堆。主人殷勤客疏放，相視大噱聲如雷。勸我一斗休徘徊，人生得意能幾回？」

【六】「興盡」，「初抄本」作「興極」。

【七】「謫仙」兩句，「手稿本」作「鳳雛鳳老勇莫當，衛玠風流似秋水！」

【八】原註：「我祖陳玄德公，晉將軍也；劉裕之亂，隱居番禺，遂開族焉。同事大都族人，故云。」

迎神行

神，為祝融，司火之神也，原廟在南嶽衡山。番禺黃木灣港口波羅廟內所奉者乃其分像，形容雕刻與原像無異。相傳唐天寶十載玄宗封為「南海廣利龍王」，於是又為「司海之神」（傳說甚多，茲從略）。據云：信奉者，出則可避風波之險，居則可避回祿之災。番禺大穀圍十八鄉民眾遠在清代即組織迎神之會，由鄉紳率領信奉者往波羅廟迎之。儀仗莊嚴，沿途多備酒肉果品之類，當街拜祭。神既迎回鄉，則安置於祠堂內預先祭備之精美龍樓，率眾祀以「少牢」之禮，莊嚴肅穆，公私動費鉅萬，曾不稍惜。汪偽統治者亦樂從之，以粉飾升平。廣大民眾在敵寇統治下，陷於水深火熱，當局者卻不屑一顧。嗚呼，「商女不知亡國恨，隔江猶唱後庭花」，庶幾似之！可歎亦可悲也。乃作〈迎神行〉，紀實以寄意焉【一】。

【猷按】序文原稿乃先父晚年口述，兼以記錄者之筆誤，錯誤頗多，不勝細校。余作了修改，原文則錄於後，俾識者自校。

迎神二月雲雨饕，傾盆瀉練何騷騷！積水沒脛猶奔嚻，馬嘶泥滑毋辭勞！
須臾日出輝周遭，萬頭攢動紛呼號。千乘萬騎飛春濤，金鼓響處飄旌旄。
幾隊強奴紅韎韐，兩行彩仗金鯨鼇。鑾輿何所見？金光灼灼鏤樟桃。威儀何所象？堂皇冠冕黃龍袍。雙目垂垂臉微赤，森然警蹕交槍刀。神州孑遺自糜爛，從龍裝飾爭時髦【二】！

祠堂日暖燕雀高，衣冠鵠立靜不嘈。執鞭意滿晏子御，王前敢有顏觸操！簫管嗷嘈動闤闠，爐煙嫋嫋輕飄翱。八珍絡繹獻少牢，陳人新晉皆禮曹。膜拜求福來滔滔，動費鉅萬誰為撓？

嗚呼，動費鉅萬誰敢撓【三】？君不聞神力赫赫、生殺予奪無所逃！又不見國亡民苦饑屍凍骨盈丘皋【四】。

〔附〕原文：「神，為祝融，司火之神也。原廟在南嶽衡山。番禺黃木灣港口波蘿廟內所奉者，乃其分像也。形容雕刻與原像無異。相傳唐天寶十載玄宗封為『南海廣利龍王』，於是又為司海之神（傳說甚多，茲略）。據云：信奉之，出則可避風波之險，居則可免回祿之災。故人咸信奉。番禺大穀圍十八鄉民眾遠在清代即組織迎神之會，由鄉紳率領信奉者到波蘿廟迎接。儀仗莊嚴，沿途信奉富裕之民多備酒肉果品之類，當街拜祭，迎到祠堂安置於預先祭備之精美龍樓，率眾祀以少牢之禮，莊嚴肅穆，公私動費鉅萬，曾不稍惜。而廣大人民在敵寇統治之下，陷於水深火熱而不一顧。汪偽統治者，亦樂從之，以粉飾升平。嗚呼，『商女不知亡國恨，隔江猶唱後庭花』，庶幾近似，可歎亦可悲也。乃作〈迎神行〉，紀實以寄意焉。」

註：

【一】此序，「手稿本」及「記錄本」均無，乃一九九三年春編《樸廬吟草自選集》（自選修正初稿本）時增。

【二】「從」，「記錄本」作「徒」，疑為記錄時筆誤。

【三】「誰敢撓」，「初抄本」作「誰為撓」。

【四】「君不聞」以下三句乃「自選修正初稿本」所增，「手稿本」唯以「君不聞神力赫赫同鈞陶」一句作結。

捕魚歌

日出群動起，滄海翻天嘯。漁子胡自閒，清江獨垂釣？十里綠波輕，半江紅樹繞。

魚動水紋生，魚靜清光照。動靜魚自得，禍福安所料？一餌獲嘉鱗【一】，潑刺銀光耀【二】。利令智者昏，魚倘悟其要。奈何更下網，巨細逃無竅。小魚張其口，但欲求矜吊。大魚怒向人，僵立尾不掉。餘魚皆力爭，尾尾赬如燒。不怨文明世，事事供侵剽。似怨鰭鰓微，無以為自劭。躍躍死方休，江水翻舟艈【三】！岸上觀魚人【四】，拍手唯歡笑。遑念眾生哀，世路多罾罥【五】。弱肉強者食，人物悲同調【六】。漁子心亦安，避世誰譏誚。黃昏荻港深，返棹歌聲嘹。江水自潺湲，似訴天機妙。

註：

【一】「嘉鱗」，「初抄本」作「數魚」。

【二】「光」，「初抄本」作「鱗」。

【三】「舟」，「初抄本」曾作「龍」。

【四】「魚」，「手稿本」作「漁」，疑為筆誤。

【五】「多」，「手稿本」作「皆」。

【六】此句「手稿本」作「物我原同調」。

觀魚【一】

臨淵羨群魚，慎勿歸結網【二】。網魚飽口腹，魚禍遭奇枉。風定水無波，月明花有象。一派淡秋容，四圍靜清響。我知魚正樂，觀魚來復往。

註：

【一】「記錄本」第七集亦載此詩，當為誤載。

【二】「記錄本」第七集載此詩作「幸勿歸結網」。

苦旱行

居頗鬱鬱行苦熱，出門但見坭土裂。隴畝種禾如種蔥，舊秧既死新秧缺。堂堂白日嚴燒人，累累丹峰欲流血。天心人意終何憑【一】？亂兵苦旱頻相仍。世途即今自險惡，劫殘黎庶天豈憎。我自逃名隱煙渚，病貧未肯因人語。今為蒼生進一辭【二】，此意或為天所許。甘霖不降亂未闌，深恐艾在先焚蘭。警頑除惡豈乏術，何必一旱渾如癉！

註：

【一】「意」，「初抄本」作「事」。

【二】「辭」，各本均作「詞」。疑為筆誤，徑改。

擬杜諸將（五首）

九州名將萃廬山，陡見東夷大入關。豈有赤心推海內？空聞碧血染人間【一】。群黎入蜀鵑聲咽【二】，孤旅勤王馬汗殷。回首金陵自袍笏，陳人新晉盡奴顏！

江山表裡號金城，休使強夷拔漢旌。東魯忽傳逋上將，太原那恃乞援兵？千秋白骨關空險，萬里黃河水不清。身死韓奸天下笑，國家安得一陳平。

蜀山深處屢傳烽，猿嘯鵑啼慟九重。失地但聞旗轍亂，回天寧仗嶺雲封！千秋國是憑誰定，百隊軍儲待底供？太息陸沉民力竭，美人金屋大司農！

蔣策毛謀共一標，徒聞宿恨已全消。國危嫡系堪聞問？皖變新軍竟寂寥【三】！壯士霜天嘶鐵騎，上公春酒挾金貂。賢愚忠佞憑誰判？風雨孤舟愴大朝！

紛紛使節自西來，天地昏時萬壑哀。志士倘教扶社稷，將軍應遣上壇臺。同盟已誓師千旅，破虜先斟酒一杯。群力尚煩天下計，安危終賴自儲材！

註：

【一】「染」，「初抄本」作「濺」。

【二】「入」，「初抄本」作「徙」。

【三】「國危」兩句，於「手稿本」中，「國危」「變」均為句旁小字。其原句為「關中嫡系堪聞問，皖北新軍竟寂寥！」「初抄本」此兩句則作「臨邊散卒猶饑饉，成鎮新軍寢寂寥！」

次韻家永梁先生季夏雅集之作，並呈席上諸公【一】（四首）

不須紅袖喚提壺，俗事塵心一點無。自煮清茶助詩興，桐陰竹裡恣招呼。

勾如秋月意如絲，驚座誰何別有思？筆正生花人耐老，首功詩會藉新詞【二】。

如斯景物觸心靈，搜句何勞百練經？日暖風涼深院靜，好花時為發幽馨。

每成新句興遄飛，遑管人間萬事非。劫裡偷生渾不易，日長如歲竟忘歸【三】！

註：

【一】此詩唯見於「初抄本」。

【二】原註：「素亶老先生有『首功特創詩鍾會』之句」。

【三】 原註：「余與永梁先生歸獨晚。」

後村居雜詠【一】（八首）

故里今何似【二】，比鄰但說兵。交親隨劫墮，霜氣向秋橫【三】。虎猛憑倀導，鴟貪嚇鼠爭。倘教知己健，只合共深耕！

荷鍤歸何晚，園林沐足施。風微人靜處，梅瘦月明時。笑語過三鼓，清光滿一池。劫來應若此，不欲話年饑！

年饑不忍話，淒切已千家！豐稔無糠覈，誅求及棗瓜。聲嘶難慟哭，刑酷敢輕嘩！信有康平日【四】，王師望眼賒！

南交頻報捷，喜極一高吟。邊將歸標柱，閨人罷搗砧。詩篇憂國意，夢寐隱居心。郅治分明在，醒來何處尋？

野草埋幽徑，山花故自香【五】。蛩鳴聽妙曲，露冷咽瓊漿。臥看浮雲過，行依澗水長。悲歡任心境，應不為愁忙。

鏡海橋邊立，群山雨後新。老松秋有韻，流水夜無垠。玉兔初生魄，輕鷗遠逐人。依稀似相識，來約舊山民。

鱣堂論絕學，叔世幾知心。身為危時惜，人嗟痼病深。詩書憐楚炬，氣節砥東林。桃李依然在，春風鳥弄音。

豈必懷投筆，三秋且復淹。斯文為世保，佳興與時添。霜氣何妨冷，鄉風或轉廉。此生元不忝，毋待策龜占！

註：

【一】題後，「初抄本」有「次永梁先生韻」六字。

【二】「似」，「初抄本」曾作「在」。

【三】「交親」兩句，「初抄本」曾作「人多隨劫墮，雁自向秋橫。」

【四】「康平」，「初抄本」作「升平」。

【五】「山花」，「初抄本」曾作「百花」。

中秋四絕句【一】

悄無人處一徘徊，小雨初過淨眾埃。雲破月明風嫋嫋，隔溪時送笑聲來。

閭閻雞犬靜無嘩，秋水泠泠月映花。地白天青渾不易，團圞今夕況居家！

詩情十足酒三分，步月常疑駕彩雲。好景不知霜氣重，當頭桂子落紛紛。

不隨人說塞烽殷，愛把清光照此間。更待明年好秋月，笑憑欄看舊江山。

註：

【一】此詩唯見於「初抄本」。

題八太姑母遺像

余八歲喪母，旋即雙目失明，賴八太姑母撫育，十二歲始重見天日，入學讀書。八太姑母督課甚嚴，尤重德教，服人以理，小過必責，小善必獎，循循善誘，使余得以成人皆八太姑母之功。恩同親母，而竟早逝，未及報答，至今思之猶潸然淚下也。八太姑母名信貞，一生事佛。卒於一九四〇年秋，生年未詳，享年約五十二歲【一】。

那堪人杳像猶存！手挽牟尼道貌溫。悟徹禪機翻入世，臥殘秋月只歸魂，自慚兔跡仍株守，未報烏私等母恩【二】。剩得潸然兩行淚，佛燈無焰對黃昏！

註：

【一】此序乃編《樸廬吟草自選集》（記錄本）時所寫。「手稿本」原序為「八太姑母一生事佛」，僅八字。

【二】「烏私」，「初抄本」作「慈烏」。

禺南王

禺南王，禺南王，多少血債待汝償！海傍橋畔王宮出，枯骨築成白玉堂。重窗疊格皆炮眼，警備森嚴誰敢當？王居堂上受朝貢，舟車絡繹來四方。

沙田無際黃雲起，珠江不斷清流水。禺南久羨魚米鄉，三角洲饒誰可比？倉倉廩廩貢無艾，幾人淒絕王歡喜。

憶昔飄搖住茅屋，十餐幸啜九餐粥。有時翦徑揮老拳，長林深澗潛埋伏。有時釣得大紅桑，沿途高唱鴨頭綠。群曹戲語一何卑，日賺「兩雞」心願足【一】。

陡聞炮火響連天，人道東夷大寇邊。王心蠢蠢方欲動，為虎作倀奮當先。

王雖不學不知禮，能向倭酋三叩跪。王雖有目不識丁，逢迎鑒貌工心計。隰原隴畝指掌中，狐狸假虎多威勢。倭酋用王王剝民，分肥坐地心相契。民脂愈多王愈驕，王自亨通民自瘵。王權日重附者多，莫向英雄問身世。膽氣寧輸石敬塘？靈魂直接汪精衛！

倭酋含笑催加獎，賜姓汪時還姓蔣。流氓地痞恣招徠，烏合成軍防「亂黨」。忽驚失卻洗尿布【二】，魚窩頭上槍聲響。可憐防亂亂愈滋，阿辛枉作參謀長！老羞成怒殺機增，勿縱一人寧萬枉。此雖故智有師承，依然博得倭酋賞。王之親友亦沾恩，升天雞犬攀髯上，穿起羅衣不自然，梳成大髻金釵亮。
短槍金墜黑膠綢，惡少成群上酒樓。路人側目不敢視，五更絲竹仍咿咻。
狂吹豪飲肆揮霍，軟訛硬搶何時休！
禺南王，汝知否，禍福回環如反手。強梁原是死之徒，況汝賣國行跡醜！
一朝大義起鋤奸，那得「兩雞」換黃酒？小人利盡即交疏，逃命何方靠親友。

註：

【一】原註：「『兩』，王之口音讀『朗』。『兩雞』即貨幣二元，因以此為王之綽號。」

【二】「手稿本」註：「當時偽區長冼堯甫綽號『洗尿布』，為地下游擊隊所活捉。」「記錄本」修改此註為「此尿布是當時一偽區長之綽號」。

聞雞

一聲聲唱意如何？我正懷憂欲放歌。萬劫江山人未醒，六時風雨夜偏多。
長鳴莫解天難曉，起舞應珍鬢未皤。豈有熹微紅日出？濛濛煙霧鎖陽阿！

第二集　復興集

（一九四五——一九四九【一】）

註：

【一】「油印本」作「一九四六年至一九四九年」，「初抄本」作「解放戰爭時期」，此從「記錄本」。

勝利

蘇軍南下舉紅旗，共掃關東百萬師【一】。克敵受降宣誓約，凱歌奏捷仰威儀【二】。八年苦抗成功日【三】，四海歡騰望治時！太息生民正憔悴【四】，復興何以致雍熙【五】？

註：

【一】「共掃」，「初抄本」曾作「橫掃」。

【二】「克敵」兩句，「手稿本」作「城下宣盟倭敗績，日邊瞻仰漢威儀。」

【三】「成功日」，「手稿本」作「同仇日」。

【四】「正」，「初抄本」作「尚」。
【五】「復興」，「手稿本」作「諸公」。

一九四六年春負笈石榴崗【一】

余於抗日戰爭期間失學，勝利後始升學於廣東省立法商學院社會學系，感而賦此【二】。

休問車塵第幾程，廢池喬木只堪驚。眼前已分無長物，劫後空教作老生！蛙鼓不隨荒草寂，雲旗偏礙暮樓明。弦歌以外能何事？春入榴岡未放晴！

註：
【一】此題，「手稿本」作「春赴石榴崗有感（一九四六年）」。「記錄本」目錄作「一九四六年春赴石榴崗」。「初抄本」作「一九四六年春赴石榴崗感賦」。
【二】「手稿本」無此序。

傷內戰

中華傷內戰，美炮助威風。虛頌偽憲法，實備真圍攻。縱使君多令，其如民弗從【二】。連年徵役苦，怨氣向天衝！

註：

【二】「其如」，「初抄本」作「無如」。

反饑餓

官僚腸愈肥，士子腹彌饑。拍賣兩條褲，難維半日炊。全家月薪水，一束濕柴枝【一】。與眾示威去，不許他胡為！

註：

【一】原註：「金圓貶值，時人謂之『濕柴』。」

羊城雜感（八首）

羊城多妓女，屈指數陳塘。含悲抱綠綺，吞淚整紅妝。
禮義兼廉恥，四瓣任君猜。荷囊輸已盡，歸去奪金釵！
密室宜談話，招牌是「禁煙」。一燈如豆大，高枕學神仙。

攤畔多奇貨，沿街問價錢。「袁頭」有交易【一】，名廠「美利堅」。
吉普車如電，橫行闖店房。死傷何足道，市虎早稱王！
金圓日幾變，門楣有剃刀【二】。出入刮一刮，當心汝頭顱。
海珠橋腳下，勸汝莫徘徊。警惕麻包袋，抓去當炮灰！
袋插派克筆，走路倍精神。忽然飛去了，但見人擠人！

註：
【一】原註：「時買賣用銀圓，以袁世凱像者最通行，謂之『袁頭』。」
【二】原註：「街邊設有國幣金圓券與銀圓、港幣兌換場所，手續費甚昂，時人謂之剃刀門楣。」

美人行

滿街奇女郎，美式時髦裝。鬈髮如綿羊，雙乳如高岡，脂粉膩且香【一】，唇吻紅略黃，眉毛彎中央，指甲纖紫長【二】，蟬翼衣聯裳，皮鞋尖高光。右手綢傘張【三】，左手挽皮囊，口噴香煙芳，珠玉紛裝璜，迎人笑媚狂，言語半番唐，長舌如鼓簧，潑辣不可當【四】！

嗚呼，妖孽來何方？國家從此占興亡【五】！

註：

【一】「且」，「初抄本」曾作「俗」。

【二】「纖紫」，「初抄本」曾作「細而」。

【三】「手」，「初抄本」曾作「撐」。

【四】「初抄本」原無「言語」以下三句。

【五】「國家」，「初抄本」曾作「國將」。

石榴崗秋興（四首）

書生自笑太杈椏【一】，多病秋林聽暮鴉【二】。豈有清暉臨廣宇【三】？料無醜樹發靈芽【四】。坐同顏子真忘我【五】，讀到楞嚴不念家。最是風塵回首處，一江波浪送殘霞【六】！

荒月微痕夜讀書，不隨人事較榮枯。蕭蕭落木秋如訴，點點漁燈影未孤。熱淚哀時疑病暍，苦心求古任譏愚。剝床漸感傷膚痛，奮筆猶思敵萬夫！

江風人靜月輪寒，短棹銜萍感百端。漠漠霜天猶唳鶴【七】，荒荒叢棘渺歸鸞【八】。弦歌早已無心賞【九】，世事仍慚袖手觀【一〇】。遙想土華煙樹外，鶉衣茅屋夜漫漫！

世事如棋局未終，畏行多露萬家同。布衣有士常枵腹【一一】，衰職無人貴直躬。白眼孰窺塵甑冷？黃金唯向要津通！衡門且共秋心老，原憲由來道不窮！

註：

【一】此句，「初抄本」曾作「百年多病臥煙霞」。後改作「書生病骨自杈椏」，又易「病骨」為「傲骨」，再易「傲骨」為「自笑」。

【二】「多病」，「初抄本」曾作「愁絕」。

【三】「暉」，「手稿本」作「輝」。

【四】「料」，「手稿本」作「似」，「初抄本」曾作「斷」。

【五】「真」，「初抄本」曾作「應」。

【六】「最是」兩句，「初抄本」曾作「回首風塵餘一慨，休將瘦骨對菱花。」（「餘」字又曾易作「唯」）

【七】「猶唳鶴」，「初抄本」曾作「聞叫雁」。

【八】「渺」，「初抄本」曾作「歎」。

【九】「早」，「初抄本」曾作「我」。

【一〇】「仍慚」，「初抄本」曾作「誰能」。

秋夜有懷家仲敏先生【一】

時先生任教東莞師範學校【二】。

風風雨雨憶年華，咫尺天涯客念家。話舊早荒三徑月，思君空對滿江霞。如聞故苑巢歸鶴，倘有寒枝著好花！何日一篙浮練水，清秋吟嘯傲蒼葭？

註：

【一】「家仲敏」，「手稿本」作「家亦吾」。蓋「亦吾」乃其字也。

【二】「油印本」作「時先生掌教於東莞師範」。「手稿本」無小序。

秋夜讀書達旦有感

一彎眉月影沉沉，獨坐山齋冷不禁。深夜讀書防狗伺【一】，有時得句學龍吟。捫頭自覺如棱骨，撫髀寧無憂國心！窗外一聲雞唱曉，曙光應已吐前林！

註：

【一】原註：「國民黨特務常於深夜到宿舍看人讀書，時人鄙之，謂之『狗伺』。」（此註，「初抄本」作「狗特務常於深夜到宿舍看人讀書」。）

問梅

「汝獨開何早？相爭不為春！」「只愁飄大雪，先發伴高人。」月下心同朗，風前態自真。卻嫌桃冶豔，迷亂武陵津。

培蘭

屈子何憔悴？相看九畹蕪！正愁蕭艾長，寧忍蕙蘭疏！幽谷人猶在，清芬世可無？殷勤理荒穢，風月未容孤！

對菊

太息群芳盡，何因對此花？只應愁杜老，未敢憶陶家！客舍秋容淡，西風瘦影斜。更堪殘照外，相映是蒹葭！

伴竹

【猷按】此詩與後〈贊松〉〈菊〉編於「初抄本」第三集，組成「三君子」詩組，分別題為〈菊〉〈竹〉〈松〉，此從「手稿本」。

月下琅玕竹，淩霜已幾春。千竿同耐冷【一】，萬個不沾塵。挺節秋彌勁，抛簪歲又新。虛心長伴汝【二】，君子若為鄰。

註：

【一】「同」，「初抄本」曾作「原」。

【二】「伴汝」，「初抄本」作「對爾」。

贊松【一】

戶外松千尺，曾經萬劫遭。枝蟠霜雪勁。幹指日星高。久坐聞天籟，相看想節操。即今多綠蔭，過客失疲勞！

註：

【一】參見上〈伴竹〉詩。

惜柏

材大難為用，誰知有苦心！撐天何赳赳，在野自森森。幾歲愁傾廈，繁霜落滿林。故山翹首望，雲亂日低沉。

大水行

城西城南浸大水，大水漫漫何日已！城東城北亦波及，屋毀垣傾人壓死。哭聲處處上衝天，衝天可奈天無耳！

劇憐洪水日滔滔，雨暴雲飛風怒號。天公毋乃惡作劇，久久不令乾坤蘇！三江之水正橫溢，鱷魚張口人能逃？

一派茫茫何所見？天吳龍母肆淫亂。胡為天公竟不知，董生漫說天能譴。埤窪成澤塽塏安，曷福富貴禍貧賤！

君不見昔時大炸花園口，一彈遂使黃河變。豈有厘毫抗敵功，排除異己心何險！蒼生千萬化為魚，獨夫自此彌增怨。又不見巨浪衝崩石角圍，北江水勢如奔雷。羊城不浸餘三版，長堤百孔誰修繕？粵人駭說乙卯災，三十年來復重演！此皆人事不關天，子產尚知天道遠。

嗚呼，水災水利本由人，翻江何日縛蛟鯤？治水豈徒功在禹，人人協作禹功陳！

詠鶴

雞群逐逐未應留，飛落芝田啄不休。振翮難忘霄漢志，除翎苦為子孫謀。九天無耳君空唳，千歲何能我共儔？卻喜老松霜雪幹，盤根錯節共春秋【一】！

註：

【一】「共春秋」，各本作「幾春秋」。此據「自選修正初稿本」。

詠鷗

飄逸如君太可憐，蓬門西畔小窗前。竹搖薄暮翩翩影，花落澄江嫋嫋煙。一去朵雲無掛礙，偶歸微雨亦因緣。何當共踐滄洲約？白髮扁舟夕照邊。

詠蟬

長日蟬鳴奈爾何，半疑泣訴半疑歌。不關飲露高難飽，似苦當風恨太多【一】。舊夢鵑啼悲月落，他時燕語望春和。此情合向誰人說，剩得聲聲怨玉柯！

註：

【一】「似苦」，「油印本」作「似感」。

詠蟋蟀

宵深牆下幾聲聲，欲向誰家怨不平？愧我無衣聞促織，勞渠驚夢故關情！秋垂玉露寒仍訴【一】，響入金風恨又生。盛怒且休頻振羽，有人躡跡伺荒坪！

註：

【一】「寒仍訴」，「油印本」作「寒猶訴」。

菊【一】

愛菊吾成癖，何須隱士家。本來淡名利，從不羨浮華。月下疑佳友，秋深見此花。霜寒知晚節，顏色映籬笆。

註：

【一】參見上〈伴竹〉詩。

旅遊臺灣雜詠（八首 一九四八年夏）

余於一九四九年夏將畢業廣東省立法商學院社會學系。前一年暑期，部分同學組織旅遊臺灣，得詩八首【一】。

註：

【一】此詩組題目，「記錄本」作「臺灣紀行」。「初抄本」無題目後「八首」二字，亦無小序。此從「手稿本」。此詩組原有四十餘首，皆配以兩吋見方之黑白照片，可惜已毀於文化大革命期間。此八首乃後來回憶補記。「手稿本」無小序，此據「記錄本」。

一、高雄輪上口占【一】

大江東去一樓船，休問茫茫路幾千。風浪至今兵後塞，江山如此劫殘年！心無著處晴兼雨，事有難言海似天。回首神州烽火遍，不知何以慰遐邊！

註：

【一】此詩組於詩題前各本均無序號，此據「初抄本」。

二、北投浴溫泉

北投風景多幽美，龍池浴罷皆歡喜。今日清遊一笑溫，心中溫似池中水。

三、宿日月潭涵碧樓訪高山族【一】

客塵蠲盡臥名樓，涵碧流光事事幽。萬壑雲霞晴復雨，兩湖煙樹夏疑秋。村荒俗厚弛宵禁，地僻風奇訪土酋。今日劫餘無一事【二】，扁舟聊作武陵遊！

註：

【一】此題，「初抄本」作「七月七日抵日月潭，宿涵碧樓，翌晨泛舟訪高山族」。

【二】此句，「初抄本」作「今日劫殘無一是」。

四、登阿里山

高低山勢異寒暄【一】，笑指奇峰與急湍。五十四巖才越過，此身忽覺在雲端。

註：

【一】「高低山勢」，「手稿本」作「斯行早分」。

五、阿里山神木

材大終何用？山深鳥獸知。倦遊愁對汝，紅日正遲遲。

六、安平古堡

安平古堡，又名熱蘭遮堡，荷蘭殖民主義者侵臺時所築，於西元一六三〇年建成，至今廢壘猶存。

【猷按】此小序乃余編《樸廬吟草自選集》時所改，蓋原序似有較大錯誤，而先父已逝，無從聆教矣。原序曰：「安平古堡，荷蘭殖民主義者於西元一〇四至一〇七年侵臺時所建，至今廢壘猶存。」

憶昔荷蘭國，蠻橫說殖民。即今餘廢壘，寂寞向斜曛【一】！

註：

【一】「寂寞」，「手稿本」作「愁絕」。

七、赤嵌樓

樓祀鄭成功。【一】

延平多恨不須論，赤嵌樓頭日尚昏。一死孰傳明統緒？群生空念漢衣冠【二】！淒涼歌自悲藩社，洶湧波頻拍廈門【三】。想像威儀圖畫裡，憂思猶似在眉端【四】！

註：

【一】「功」字後，「初抄本」有「像」字。

【二】「赤嵌」以下三句，「手稿本」作「赤嵌樓頭日漸昏。一死有明誰繼統，三傳鄭氏竟無孫。」（原註：「鄭氏三傳至克塽降清，明遂亡。」【猷按】「明」字前，「初抄本」有「而」字。）

【三】「頻拍」，「手稿本」作「猶接」。

【四】此句，「手稿本」作「那堪把劍望中原」。

八、登角板山途中問車夫【一】

「山程還有幾？」拭汗問車夫，「蔓草纏人足，陽光似火荼。」「得休須待暮，計值僅餐薯。明日東家去，還須半繳租！」

註：

【一】此詩句讀，「初抄本」不同於各本，「山程」句無引號；「車夫」後用句號；引號自「蔓草」起至「繳租」止，並非分為一問一答兩組。

看雲

清溪窮岫日依依，獨立看雲只自悲。未必無心來復去，何因多幻合還離？飄飄已送秋鴻渺，冉冉旋同老鶴歸【一】。極目蒼山山外水，卻垂天幕隔瑤池。

註：

【一】「老鶴」，「油印本」作「野鶴」。

待月

愛月情深不自持，憑欄披露望江湄【一】。樓臺近水宜先得，楊柳搖風有所思。一片光明勞望久，十分寒峭故來遲【二】。人間底事圓無缺？細問嫦娥或可知。

註：

【一】此句「手稿本」作「才過小雨立江湄」。
【二】「十分」，「手稿本」作「幾分」。

寄霜筠

豈有雲垊阻？離家四度春。玲瓏今夜月，想像往時人。花木新枝發，梁巢故燕親。對茲悟生理，題句問霜筠。

贈別【一】

蟬抱高枝身莫飽，荷擎驟雨蓋將殘。此時別子荒村裡，瘴氣侵人露不乾。

註：
【一】此詩唯見於「初抄本」。

夢【一】

時國共內戰，共軍退出延安。

我慕桃花源，夢泛桃花渡。一葉逐流英，乘風渺煙霧。群鷗飛到彩雲邊，喚得仙姬導我前。仙姬踏雲拈花笑，我在江心姬在天。

江天浩浩天連水，不覺行行忘道里。姬子飄然落小舟，相攜登陸千峰紫。姬子擲花花滿樹，花花幻出紅千戶。人來人往正紛紛，見我情真欲通語。

姬把桃花贈客人：「此花即是汝前身。」我且拈花為我證，人自如花花自芬。花好豈因徒美豔，芳心麗質不沾塵。桃源人盡桃花似【二】，我亦花時花亦爾。爾我難分笑語嘩，招邀相住度年華。花開花落三千歲，我豈無家此是家。江水玲瓏羨魚米，春風浩蕩理桑麻【三】。

魚米豐，桑麻長，不納租時不納餉。男耕女織春復秋，鼓腹時聞歌擊壤。

有戶不關門，足衣足食誰穿垣？無貧亦無富，世間名利寧相顧？

雞聲喚得太陽起，我自耕桑他製器。由來生活即真知，文化斐然多禮義。讀書萬卷不讀兵，不識干戈無戰事。唐宗宋祖自紛紛，遑管前朝興廢史！

居民偕我上高山，山在青雲綠水間。桃下月明歡喜地，盛裝麗服來姍姍。

山岧岧，水迢迢，聯翩歌舞徹清宵。舞姿英爽歌聲婉，我撥朱弦爾奏簫。百獸蹦蹦鳳凰翥，大家同樂聽箾韶。

回頭下視塵寰處，烽火殷紅照桑苧。一聲炮響夢驚回，孤鶴唳天無去住！

註：

【一】此詩，「手稿本」編於本集之末，此從「記錄本」。「手稿本」無小序。

【二】「似」，各本皆誤作「侶」，蓋形誤也。

【三】「理」，「手稿本」作「話」。

悼楊照明同志【一】

楊同志被國民黨反動派迫害，一九四九年季夏走東江遇難。

夜長方欲曉，君竟作犧牲！齎志有餘恨，同仇無限情！東江雲自鎖，南國草猶腥。日慘腸千轉，風悲雁一聲！

註：

【一】此題與序，均解放後補寫。

西江月・無題（二首）

你飾長眉睡佛，他裝怒目金剛。金剛兇惡佛慈祥，功果何曾兩樣？ 哄動善男信女，駭談地獄天堂。荷囊傾盡買慈航，去做師姑和尚！

牛頭不對馬嘴，狗口難出象牙。胡言亂語口花花，說得別人都怕！ 你
是沒皮光棍，我非十足傻瓜。恨難摑你兩三巴，讓你淚流聲啞！

菩薩蠻・山花

風和日麗山花盛，雀喧鴉噪野人病。病起摘山花，插瓶當眾誇。 且莫
看花笑，花意真難料。花說願居山，飄香幽谷間！

憶秦娥・尋春

尋春去，春光何在無尋處。無尋處，幾分寒峭，幾絲風雨。 樸盧早起
看花樹，依稀春在枝頭住。枝頭住，莫教鴉噪，微聞燕語！

廣東法商學院社會學系畢業，自題小照寄厚乾兄【一】

社會學畢業【二】，一說一傷神。君如問社會，社會人吃人！

註：

【一】「手稿本」無「兄」字。

【二】「學」，「手稿本」作「系」。

淮海聞捷【一】

斯役乾坤定，揮軍合向南。金陵囊裡取，百粵甕中探。雲外鷹聲急，城頭旆影銜。凝神獨翹首，喬木指天參。

註：

【一】此詩，「手稿本」編於〈寄霜筠〉前。此從「記錄本」。

第三集　復興集

（一九四九—一九六六【一】）

註：

【一】「油印本」作「一九四九年至一九六五年」，「初抄本」作「中華人民共和國成立後時期」。

中華人民共和國成立喜賦

人間寧有主和奴？瑞日東風萬族蘇。大陸春雷龍起蟄，深山喬木鳥相呼。

指天信誓資群力，玩火終焚問獨夫。今日中華稱上國，九州顏色燦輿圖！

論詩（四首）

我本讀書求致用，何曾執筆鬥華詞？深知閉戶無真學，刻意求工誤活詩。

熱火朝天歌化日，東風隨處拂紅旗。課餘自覺多情甚，顧盼長吟有所思！

周詩三百誰為律？古韻千秋半已亡！不問古今拘格調，何殊鑿枘強圓方？一生感觸情當詠【一】，八病疵求說太荒！風動試聽修竹響，自然天籟發鏗鏘。

詩工原不是因窮，只為愁時觸寸衷【二】。項羽臨江傷別美，漢王歸里快歌風。憂樂都能成絕唱，文心何必故雕龍？我有深情深似海，要吟新句頌工農。

論詩生活要多諳，學力才華次第尋。階級愛憎存旨遠，里閭歌詠見情深【三】。六朝靡靡真蟬噪，八極鏘鏘起鳳音。為問千秋幾韓杜，文壇孰有盛於今！

註：

【一】「一生」，各本均作「一心」，疑為筆誤，逕改。

【二】「愁」，「初抄本」作「窮」。

【三】「詠」，「初抄本」作「唱」。

歡送廣東法商學院參加軍幹諸同學（二首 一九五〇年）

丈夫從不稍徘徊，家國安危責所該。班筆投教邊外去，毛錐脫自穎中來。曾看兩載研韜略，一為千秋洗劫灰。指點江山行色壯【一】，紅旗獵獵彩雲開。

極目朝臺敵焰張，諸君此去勇知方。已馳筆陣皈民主，更讀兵書鞏國防。

心與海空同壯闊，名隨詩史共芬芳。和平他日英雄會，笑指征袍話戰場。

註：

【一】「江山」，各本作「關山」。此據「自選修正初稿本」。

秋夜有懷亦吾家先生

無復山堂論舊文，故鄉情味獨思君！一窗雨過明秋月【一】，九曲江流咽薄雲。別久得書聞病瘁，夜闌無夢慰相分。詩成欲付雙魚去，卻恐看詩念愈紛。

註：

【一】「秋月」，「初抄本」作「新月」。

悼鑄經先生【一】

嗟君坎壈竟何如？零雨其濛接耗書！八載滄桑曾共爾，半江雲樹獨愁予【二】！劇憐待兔寒株老，怕聽鳴蟬舊館虛。吟罷挽詩渾不寐，黯星殘月夜蕭疏！

註：

【一】此詩唯見於「初抄本」。

【二】「愁」，「初抄本」曾作「悲」。

赴雷州半島參加土改工作【一】（四首）

整裝齊待發，事業足千秋。且看翻天地，寧終作馬牛！喜思新祖國，南望古雷州。車駕才林壑【二】，吾心已海陬！

草屋微風夜，荒村初月生。痛餘當日事【三】，憤極此時情。「我豈甘奴役！人誰無父兄？」心肝摧折處，江水不平鳴！

「汝罪應千剮，橫蠻老更淫！」嘈嘈南渡口【四】，憤憤眾人心。「孫女遭姦殺，田疇被奪侵。」婆婆持血服【五】，怒指淚涔涔！

小鳳貧如洗，分來兩塊田。爹娘重聚日，兄妹共歡天。網集澄潭下，郎歸夕照邊。魚肥粳飯熟，談笑並雙肩。

註：

【一】此題於「赴」字前「初抄本」有「一九五一年」五字。

【二】「壑」，「初抄本」作「郭」。

【三】「餘」，「初抄本」作「思」。
【四】原註：「南渡口在海康縣城南。」
【五】「婆婆」句，「手稿本」作「血衣持老婦」。

中山大學碼頭晚望【一】

江干飽飯立多時，夕照漁人罷釣絲。陸續槳聲咿啞過，隔船高唱「打魚兒」。

註：
【一】此詩唯見於「初抄本」。

郊原短足【一】

水繞村原接翠微，千家門戶映清暉。朝霞已送牧牛去，落日還隨漁艇歸。
一片稻田涵影綠，四圍花樹逗煙飛。車輪乍喜煌煌過，不是戎行是運肥。

註：
【一】此詩唯見於「初抄本」。

平生【一】

平生蹤跡愛逍遙，居此恬然俗慮消。植竹千竿疑翥鳳，累丸五顆欲承蜩。
高枝曉日垂清露，萬綠風涼弄玉簫。揮麈有時還論道，卷舒新葉悟心蕉。

註：

【一】此詩唯見於「初抄本」。

中山大學暑期生活雜詠（二首　一九五六年）

舞壇歌榭說書臺，晚會園林亦快哉。君有玉簫儂有笛，百花吹得一齊開！
一枰棋局一壺茶，好友時來趁月華。竹裡花間涼似水，滿園燈火笑聲嘩。

中山大學員生日增，成績斐然，科學討論百花齊放，喜賦一律【一】

未負吾儕日灌園，一春花較一春繁。群芳豔發無寒色，學海潮來有壯觀！
建設漸開新境界，規模真勝舊衣冠。即今座上爭鳴士，莫作尋常駁議看！

註：

【一】此詩唯見於「初抄本」。

廣州文化公園賞牡丹（一九五七年春節）

五羊花好四時春，名苑流霞色最新。奇種豈惟宜北地，天香今更襲南人！
群芳爛漫猶爭豔，綠葉扶持始見珍。難得相逢如有約，染衣酣酒願常親！

廣州文化公園賞菊歌

春日曾邀牡丹醉，秋風又賞菊花忙。鮮腴瘦蕾各殊絕，奇卉先後傳芬芳。
深園涼露滿秋色，淺徑寒煙生夕陽。似玉盆盆連翠蓋，如金瓣瓣紛光芒。
或疏或密得真趣，疑笑疑傲飄清香。遊人久立不忍去，況我對此情能忘！
昔時瓦礫徒滿眼，銅駝荊棘空荒涼。狐群兔窟且掃盡，乃見突兀出宮牆！
歌壇舞榭萬民樂，年年好景百花坊。勞動大眾愛文化，公餘之暇同歡狂。
陶潛嘗慼折腰恥，辭官歸採東籬霜。少陵他日多坎坷，兩開贏得淚沾裳。
即今世與昔賢異，民主大道何康莊！一花一葉見生理，千人萬人來蹌蹌。不覺逢人開口笑，興闌歸去傾壺漿！

慶祝十月革命節歌

君不見紅旗飄飄紅復紅，萬人意氣如長虹。紛祝蘇聯十月革命節，奴隸自此永作主人翁。

憶昔剝削有階級，矛盾多端相對立。遙憐勞苦一心通，世界工農早聯合。霹靂一聲義軍起，列寧領導同生死。一呼振臂逐沙皇，外敵重圍盡披靡。自茲帝國破一環，眾望同歸百川水。

其時我國多劫灰，農民起義千百回。千秋封建藩籬固，不盡誅求黎庶哀。一聲炮響如巨雷，馬列主義送將來。大海明燈風雨急，高秋朗月霧雲開。

三十餘年共產黨，百折不撓懷理想。統一戰線步武齊，正義之師異疇曩。

工農誓約盟，中蘇如弟兄。人民民主國，相見皆推誠。豈曰無衣與同澤，共云眾志即成城。日寇投降希魔殛，三座大山終摧傾。不聞篳楚千家哭，喜見陽光萬象明。

即如我家家數口，世路干戈厭奔走。半枝禿筆飽風塵，硬骨嶙峋更何有！

八年解放鎖眉開，時與妻兒謀斗酒。康樂名園百卉香，松齋課罷尋良友。科學年年勵益精，思想建設寧居後！毋忘敵患猶當前，要保和平應反右！高歌兮，十月革命多金針，願祝中蘇友好永永心連心！

送謝健弘老師下鄉勞動鍛煉

一九五二年院系調整後，余隨師在中山大學任教【一】。

吾師志決下田疇，去莠培菁願可酬。大任本關家國計，斯行詎為稻粱謀。荊花似錦紅千樹，初月如鐮朗一鉤。話別此時惟共勉，歸來他日祝豐收。

註：

【一】「手稿本」及「初抄本」均無此序。此據「自選修正初稿本」。「記錄本」載此序，然於「在」字前有「均」字。

寄贈下放農村同志【一】

十五年看歲首功，耕鋤聞汝趁春融【二】。桑麻豈止連林綠，人物還將逐日紅。左派正欣摧右派，東風又報壓西風。迢迢一紙多情甚，似錦前途處處同。

註：

【一】「手稿本」第三集第二十二頁內有小號活頁紙兩張，錄有詩九首，並有盧光耀老師和詩一首，字跡決非先父所寫。其中有一首題為「接張仲絳自高明來書，賦以答之」，內容、字句與此詩全同，則「接張仲絳自高明來書，賦以答之」應為此詩之原題。活頁紙中之詩多見於「初抄本」，據其字跡，疑為張仲絳先生為先父搜尋佚詩時抄錄。

【二】「汝」，活頁紙作「爾」。

次韻答友人【一】

平生詩句不求工，卻愛君詩興倍濃。意態芊眠春草綠，情懷熱烈火花紅。慚修尺素酬高誼，甘向清詞拜下風。好是豔陽常滿樹，飛鴻來往一心同。

註：

【一】此詩唯見於「初抄本」。

向黨交心感賦

月之十三夜，向黨交心後歸來，小女猶未睡，偶見余稿，問曰：「爸爸從前為甚麼這般落後？」余愧無以應。是夜通宵輾轉不寐，起視明窗，但見皓月當空，春花正放，感而賦此。

多少愁懷未易量，卌年檢點劇堪傷！慚當骨肉言行跡，痛入肝脾問立場。明月照人心漸朗，和風吹我意偏長。回頭試獨推窗望，滿苑春花才放香！

會城雜詠（三首）

四月十七至十九日，隨廣東科學工作委員會參觀團赴新會參觀大躍進情況，得詩三首【一】。

註：

【一】此題，「手稿本」作「新城雜詠」。「四月十七日至十九日」，「記錄本」作「大躍進時期」。「參觀團」前，「初抄本」有「新會」二字。

一、縣城遊覽與居民共話【一】

新會城新不染塵【二】，亭園花果豔陽春。居民耕織饒生事，遠客逢迎似故人。閭巷觀瞻知樸素，門庭酬應見情真。談言我愧論莊稼，且與農家話所親。

註：

【一】此詩組「手稿本」無序號編次。「縣城」前，「初抄本」有「新會」二字。

【二】「新會城新」，「手稿本」作「最愛新城」。

二、登圭峰山

圭峰山上最高峰，新會新城一覽中【一】。辟地誰栽千樹綠，沿途真愛百花紅。築成水庫資群慧，溉潤田疇樂歲豐【二】。好是車輪來復往，白雲深處暢交通。

註：

【一】「圭峰山上」，「手稿本」作「圭峰登上」。「新會新城」，「手稿本」作「俯瞰新城」。

【二】「築成」兩句，「手稿本」作「荒山水庫湍流力，寶卷銀鋤學子功。」並有註：「圭峰山上有勞動大學，成績卓著。」「記錄本」無此註。

三、參觀龍榜社

春及西疇集眾耘，社田試驗籽肥分。穀增豈止二三倍【一】？秋獲還期千六斤！萬事商量堅信黨，一心努力喜同群。談豐說歲歡娛甚，耕罷松陰對落曛。

註：

【一】「二三倍」，「記錄本」作「一二倍」，疑記錄有誤。

過江門訪陳白沙釣臺故址

釣臺故址傍江邊，想見垂綸意灑然。絕島長林皆自得【一】，文章氣節豈同禪！先生道貌應千古【二】，心學爐薪第幾傳【三】？回首江門源一派，高風猶化嶺南天。

註：

【一】「皆」，「手稿本」作「都」。

【二】「道貌」，「初抄本」曾作「抱道」。

【三】此句，「初抄本」曾作「心學論功未十傳」，並有自註曰：「余以為先生之文章氣節可取，至其心學，則屬主觀唯心主義，尚待批判也。」

伊拉克人民革命成功喜賦【一】

中東誰竊石油權，英美相淩數十年。阿族寧為砧上肉【二】，敵謀終付劫中煙。和平斯役關全域，道義吾儕共一肩。警爾遠方侵略者【三】，今天不是殖民天。

註：

【一】此詩唯見於「初抄本」及小號活頁紙。於小號活頁紙中則題作「喜賦」。詳見本集〈寄贈下放農村同志〉。

【二】「砧上」，活頁紙作「刀下」。

【三】「警爾」，活頁紙作「寄語」。

歡送中山大學歷史系畢業同學

師友多情月滿堂，前途如錦話分張。人民事業無南北，黨政籌謀有紀綱。鋼鐵千錘憑鍛煉，紅旗何處不飄揚！行裝喜見琴書外，鐮斧鋤頭共一箱。

註：

參觀高明慰問中大下放同志【一】

【一】此詩組唯見於小號活頁紙。其中〈仙村夜談〉又見於「初抄本」，而詩題則作「高明仙村與歷史系下放同志座談至深夜」。詳見本集〈寄贈下放農村同志〉。

一、在三洲

滿船風月下三洲，半載離懷訪舊儔。多士相逢吾刮目，群山都為子低頭。
連宵果有衝天勁，密植還爭最上游。千百廠房親手建，傳來喜事不勝收。

二、參觀峰岡水坭廠

涉水翻山來不易，水坭工廠在峰岡。誰云草創規模小，共羨經營策劃長。
萬種籌謀從節約，半年光景出樓房。高潮生產多興建，未負工農日夜忙。

三、仙村夜談

娟娟眉月下田池，坐對柴門話所思。別後但詢紅幾許，當前且看綠如斯。
曾聞躍進今真悟，欲與同勞信未遲。況是工農情誼厚，高明山水盡堪詩【一】。

註：

【一】「盡」，活頁紙作「總」。

解放臺灣行

說臺灣，念臺灣，臺灣人命如草菅！蔣匪敲剝且未已，美兵時復來強姦！久痛倒懸奚我後，仰天何日破愁顏！

祖國盈盈隔秋水，六億同胞寧忍此！吾地吾民水火深，悵望白雲猶溺己。

九年念念未曾忘，是誰使我同胞傷？美帝遙遙千萬里，殖民主義云擴張。跨彼海洋乘巨艦，侵吾土地作邊防！

邊防長，邊防闊，邊防展處人難活！臺灣原是好風光，蕉橘鳳梨香潑潑。多情明月照高山【二】，從古薰風吹海末。紅羊劫墮百年來，日寇逼人何咄咄！法西斯伏海隅歸，開羅宣言早包括。馬祖金門一派通，龍翻巨浪魚吹沫。金甌無缺版圖全，錦繡山河容再奪！

吁嗟乎，邊防邊防說合休，今秋不是殖民秋。總理聲明如巨響，軍民秣馬向前頭。臺灣明月不須愁！

註：

【一】「明月」，「初抄本」作「圓月」。原註：「臺灣有高山族，又名高砂族，是我國少數民族之一。」

國慶日獻禮詠懷

吾生酷愛書和史，言必三王兼百子。閉門深院一壺茶，拈筆玄思數張紙。教條馬列亦常談，書呆氣味誰能擬。

昔日豺狼遍中國，我獨春園種桃李。白雲蒼狗任推遷，自謂葆身明哲士。時聞酷吏夜捉人，怒目未嘗不髮指。四海傷亡浪走頻，抱書空歎無長技。

大軍解放下江南【二】，八表無塵方自喜。商量收拾滿床書，月白松窗窺淨几。從茲苦下十年功，著述名山猶可企。那知運動復轟轟，書齋好夢如流水。

去年鳴放整風初，會議批評歎觀止。「學術之風何日來？」我聽斯言心曰「是」。大鳴大放深且透，毒草香花豈相似！黨群肅反保安全，有人說是「違綱紀」。農村生活正豐穰，有人說「近邊緣死」。右派先生心最歪，黑白雌黃任臧否！我持所學皆教條，空洞胡能辨真詭。走出書齋赴戰場，鬥爭與眾除奸宄。交心辯論理愈明，疇昔心思多可鄙！

回看九載績咸熙，躍進一天千萬里。去年國慶方反右，今年紅專大評比。去年國慶話農莊，今年公社紛紛起。大小高爐鋼水流，畝產千斤維秬秠。乃知為學有金針，群眾是師從踐履。

黨今號召下鄉行，大興公社多蕃祉。欣然提筆報名去，邊幹邊學赴桑梓。東升紅日發光輝，笑指河山多秀美！國慶人人獻禮多，我今獻禮從斯始。

註：

【一】「下」，「初抄本」作「渡」。

篁村雜詠（八首）

一九五八年十月十日，余下放東莞篁村參加勞動鍛煉，協助人民公社建設工作。所見所聞，喜事重重，頗多體會。爰為雜詠八首，以紀其盛【一】。

註：

【一】此小序，依「初抄本」。「記錄本」書於〈篁村行〉後。「手稿本」與「初抄本」均無「建設」二字，此據「記錄本」補。而「手稿本」與「記錄本」則均無「爰為」以下十字。

篁村稻熟映雲黃，極目連阡喜若狂。共說今年好光景，人民公社勝天堂。

木薯甘蔗與黃麻，綠滿田疇社是家。黨有恩情人有福，生涯真個錦添花。
秋收正是大忙時，奮戰連天樂不疲。穀滿千倉歡萬戶，壁間彩畫隴頭詩。
適齡男女盡民兵，隊伍森嚴號令明。曉月滿林操練畢，又攜犁犢赴深耕。
深耕驅犢更掄鋤，為保豐收好插秧【一】。姊妹弟兄應努力，一番深土一番糧！
阿儂自昔苦操持，廚裡烹炊織裡兒。今日無憂耕作罷，荷鋤歸去樂熙熙！
衣綿食肉發皤皤，深院常聞老者歌。唱出風光無限好，桑榆猶照夕陽多！
夜來上學影紛紛，笑語高歌處處聞。礦牧農漁多技術，專深紅透武兼文。

註：

【一】「豐收」，「初抄本」曾作「明年」。

篁村行

篁村遙接莞城頭，蔗綠麻黃江水流。一望平原千萬畝，稻香風送夕陽秋。
我來時節人歡喜，箋詩壁畫陳朱紫。皆云建社上天堂【二】，擊鼓鳴鉦傳巷里。

書生曾不慣粗豪，對此唯添笑語嘈。不通姓氏稱同志，甫卸行裝問所操。「所操自昔唯耕作，養魚牧豕編繩索。柴門草屋舊農家，今日新居遍村落。天翻地覆記滄桑，昔何愁苦今何樂？樂自翻身作主人，苦因封建長束縛！」「束縛消除樂事多，今天建社最堪歌【二】。豐衣足食無閒漢，講武修文有學科。」

我聞此語樂無極，頓覺倍添生命力。便與辛勤共習勞，晨曦夜月輝顏色【三】。

曾記深耕翻土時【四】，深耕努力趁年期。人人幹勁衝天足，東唱歌來西唱詩。倒海排山坭滾滾，鋤犁顧盼笑開眉。

農村似此多佳事，千箋萬楮難詳記。我與同勞三月多，椿椿踐履皆親視。平居更覺氣如蘭，我學種瓜他問字【五】。豈謂農家盡老粗，政治人人都掛帥。

多番增產祝明春，技術還期大革新【六】。農村建設人材盛，好把佳音寄遠人。

註：

【一】此句，「手稿本」作「高歌公社勝天堂」。「高歌公」三字旁有鉛筆「共云建」三小字。

【二】「建社」，「手稿本」作「公社」。

【三】此段後，「手稿本」有兩段，曰：「猶記秋收第一場，牙鐮閃閃利如霜。（「閃閃」，「初抄本」作「霍霍」。）割下太陽割明月，蓋起新倉接舊倉。」「倉倉相接旗飄蕩，老農相顧心花放：『一生種稻幾多年，何曾見此黃金樣！思源飲水黨恩深，明燈照得心頭亮！』」

【四】「曾記」，「手稿本」作「又記」。

【五】「問字」，「初抄本」曾作「學字」。

【六】「技術」，「初抄本」曾作「工具」。

蘇聯宇宙火箭發射成功喜賦【一】

一箭如飛射太陽，古今功業孰能當？東風宇宙開新紀，明月星辰作故鄉。思與同儔傾桂酒，更邀仙侶舞霓裳。人間天上歡娛甚，共祝和平歲歲強。

註：

【一】此詩唯見於「初抄本」。

贈別篁村諸社員同志【一】

來時秋熟禾連陌，去日冬深菜滿畦。食宿未忘田隴上【二】，耕鋤同至月輪西【三】。江流九曲情何遠，樹障千重眼欲迷。公社他年多喜事【四】，願期再會引鏵犁。

註：

【一】此詩載於小活頁紙及「初抄本」，小活頁紙所載無「同志」二字。

【二】「田隴上」，小活頁紙作「營寨裡」。

【三】此句，小活頁紙作「翻耕曾至月輪西」。

【四】「他年」，小活頁紙作「更將」。

登虎門要塞懷林公則徐（二首）

虎門形勝足山川，卻苦斯人獨禁煙。識卓早知民有勇，運窮誰為國珍賢【一】！徒令鐵索沉江底，終見降王拜敵前。剩得連天澎湃浪【二】，百年奇恥待誰湔【三】？

南疆此日我來遊，兩角風雲眼底收。萬里遠看天海闊【四】，百年終洗古今愁！盡驅黑霧澄流毒，遍插紅旗接上游。好向林公報佳訊，人心一德固金甌。

註：

【一】此句，「手稿本」作「運窮其奈國無賢！」

【二】「澎湃浪」，「初抄本」作「嗚咽水」。
【三】「百年」，「手稿本」作「千秋」。
【四】「遠看」，「手稿本」作「尚看」。

詠曹操【一】

太息漳南恨未窮，千秋人但說奸雄。寧知誅董平袁後，功在屯田定虜中。
毀譽由來因勢異，貶褒誰使久雷同？卻憐處處多疑塚，欲起黃泉一問公！

註：
【一】此詩唯見於「初抄本」。

為中山大學歷史系國慶十週年紀念獻禮而作【一】（四首）

到處春風花滿枝，枝枝都是黨扶持。憑君讀盡中華史，那有繁花似此時！
朵朵含芳向豔陽，萬般春色耐評量。殷勤不負栽培意，文苑還添一段香！
百花端合併栽培，雨露兼施淑氣催。好是十年饒美果，笑攜桃李獻將來！
來春花事定如何，好景原知歲歲多。我續荷鋤君灌溉，大家高唱種花歌！

註：

【一】此題，「初抄本」作「參觀中山大學歷史系國慶十週年紀念獻禮展覽會（四首）」。

贈篁村農民兄弟【一】（三首）

余於去年十月隨中山大學歷史系師生下放東莞篁村，參加勞動鍛煉。全系師生與農民兄弟結下深厚感情。回校後，時有往來，互通音問。前日，農民兄弟竟送來菠蘿盈筐，余亦得分嘗佳果，因思去歲同食、同宿、同勞動、同學習【二】、休息、娛樂，此情此景，猶在目前，彌覺意味深遠。賦此致謝，藉表余情。

曉月斜陽盡有情，荷鋤村外記分明。心頭幾幅農家樂，卻與諸君寫不清。

笠蓑何處不追陪，最愛林煙果共栽。今日菠蘿滋味好，一筐情載遠方來。

白雲舒卷水彎彎，嶺樹何曾隔往還。我乏瓊瑤報嘉惠，小詩吟得未須刪。

註：

【一】此題，「兄弟」後，「初抄本」有「三絕句」三字。

【二】「初抄本」於此兩「同」字前均有「共」字。

康樂園漫興【一】（三首）

一、園居

慣聽弦誦愛園居，窗外橫斜竹影疏。良夜好花如有約，年年相伴讀奇書。

二、江畔

落霞斜日照江邊，幾樹紅花護晚煙。畫閣管弦聲嫋嫋，涼風吹入釣魚船。

三、渡頭

珠江雲白水彎彎，獨倚橋欄望遠山。風送清漣排細浪，渡頭人笑打魚還。

註：

【一】此詩組，詩題前之序號據「初抄本」，其餘各本均無序號。

國慶十週年頌【一】

憶昔艱虞日，神州未息烽。不堪鄉鎮市，盡苦帝官封！八載倭侵國，連年賊逞兇【二】。楚閭人逐後，曹社鬼謀中。劫裡紅羊歲【三】，霜前白雁蹤。士寧長鬱鬱，天豈久懵懵！

今古多英傑，勳名在鼎鐘。嘉謀唯共黨【四】，號召起農工。奮發遙天指，高呼萬景從。日星孚眾望，霜雪凜軍容。整肅嚴綱紀，艱難勉始終。一征先自葛，百戰始平戎。淮海頻傳捷，京畿再立功。止戈鴻業定，過冀馬群空。薈萃來諸彥，規模建大同。遂教民作主，旋喜地歸農。處處澄流毒，人人吐苦衷。一申千載恨，永斬萬年窮。

舉世方欣忭，誰人肆剽攻？朝臺狂縱火，李美妄操弓【五】。兄弟難相急，山河脈況通！休教狼入室，寧任鼠穿墉？赳赳跨江險，昂昂越嶺重。老羆當大道，寶劍貫長虹。看我真龍出，穿他紙虎充。戰功何赫赫。友誼永融融！

我愧微勞乏，躬欣盛世逢。濫竽隨隊伍，秉鐸忝黌宮。氣象饒生意，思潮足啟蒙。文章花滿苑，馬列水朝宗。師友情懷洽，衣冠物望崇。豐功看歷歷，仇者謗洶洶【六】。玉石燒方辨，心思想更聰。詭詞雖巧佞，真理不朦朧！

雨過霾方散，雲開日又東。鄉村歡躍躍，公社建蓬蓬。隴畝開新面，人心足勁衝。桑麻談娓娓，箱篋赴匆匆【七】。兩岸禽聲唱，沿途花氣濃。田禾金穲稏，江水玉玲瓏。相見呼同志，交談悟大公。朝攜殘月耨，暮共夕陽舂。穀報倉箱滿【八】，爐看鋼鐵熔。高歌傳里巷，鼓腹飽飧饔。講武乘農隙，修文致郅隆。歡娛聞婦孺，衣養及疲癃。自笑書呆子，願為田舍翁。生涯饒畫意，事業入詩筒！

且任仇讎妒，應瞻國運洪。農村防碩鼠【九】，工廠比英雄。偉業須群策【一〇】，明時樂歲豐。共瞻霖雨降，還仰瑞雲彤。十載論勳業【一一】，千秋紀義忠。泱泱稱大國，處處沐東風。大慶民同樂，良辰酒正醲。五星旗獵獵，觴祝萬年紅！

註：

【一】題後，「記錄本」有「五十韻」三字。

【二】「賊」，「手稿本」作「蔣」。

【三】「劫裡」，「初抄本」曾作「劫後」。

【四】「嘉」，「手稿本」作「臧」。

【五】「李美」，「初抄本」作「美李」。

【六】「仇者」，「手稿本」作「右派」。

【七】「箱」，「手稿本」作「裝」。
【八】「報」，「手稿本」作「喜」。
【九】「碩鼠」，「手稿本」作「地富」。
【一〇】「偉業」，「初抄本」作「偉績」。
【一一】「勳業」，「初抄本」作「功業」。

武漢雜詠【一】（四首）

余於十一月二十七日赴武漢參觀，至十二月十日始返廣州，目睹各項宏偉建設，工農群眾衝天幹勁，大躍進成績斐然。美好前途，令人興奮【二】。

註：
【一】此詩組，詩題前之序號據「初抄本」，其餘各本皆無序號。
【二】各本均無此小序，此據「初抄本」補。

一、武鋼

高爐高聳入雲霄，豈止中華足自驕！鐵瀑鋼龍光閃閃，運河軌道網迢迢。
規模想見工農力，幹勁還掀日夜潮。試向廠場隨處望，紅旗面面向風飄！

二、長江大橋

鐵橋飛架勢雄哉，誰使群英獻異才【一】？天塹不愁波浪闊，春雷頻喜火車來。若從江漢論勳業，始掣龜蛇淨劫灰。倚檻請君遙處望，滿江紅日萬船開！

註：

【一】「群英」，「初抄本」作「群工」。

三、東湖

煙突雲疇路轉彎，雕樓畫閣樹回環。垂楊夾岸一湖淨【一】，江水連天群鷺閒。此日遨遊陪杖履，千秋割據感河山！憑君數盡英雄輩，誰似廠房田畝間。

註：

【一】「垂楊」，「初抄本」曾作「柳陰」。

四、行吟閣

行吟閣位於武昌東湖之濱【一】，紀屈原也。閣前有石雕屈原像，形容憔悴，若有憂思。閣內陳列各種版本之楚詞及屈原故物。余登閣遠眺【二】，滔滔江水，已無逐臣去國之悲；處處垂楊，但見遊客賞心之樂。人民公社【三】，頻聞鼓枻之高歌【四】；漁父滄浪，不發濯纓之浩歎。對比古今，真如天壤。爰題四韻，直慨千秋。

註：

【一】「手稿本」無「武昌」二字。此序，「油印本」只有「位於武昌東湖之濱，紀屈原也。」一句。

【二】「記錄本」無「余」字。

【三】「人民公社」，「手稿本」作「天堂公社」。

【四】「鼓枻」，「初抄本」作「擊節」。

即今澤畔起樓臺，回首靈均事可哀：去楚孰憐頻眷顧？讀騷空自久徘徊！江流滾滾千秋逝，柳色青青一片栽【一】。不羨滄浪羨公社【二】，請聽漁父枻歌來！

註：

【一】「柳色青青」，「手稿本」作「柳影垂垂」，「初抄本」曾作「柳影搖搖」。

【二】「手稿本」曾改此句作「此地樂於滄浪水」，然各本均不用。

春歸文苑百花濃【一】（四首）

一九六〇年康樂園新春試筆。

春歸文苑百花濃，喜見栽培雨露功。況是豔陽春正好，東風吹得萬枝紅。

畫堂東畔玉欄回，桃李臨風歲歲開。今日成蹊歌翠鳥，枝枝紅透引人來。

雙雙燕子乍飛還，錯認紅樓綠水灣。似愛別來春爛漫，更添春色百花間。

年年花好踏春歌，人愛東風日正多。為向東風問消息，幾時月殿接嫦娥？

註：

【一】此詩唯見於「初抄本」。題後原無「四首」二字，據其例補。

古丈文捷同志榮自中山大學調暨南大學任教，一九六〇年春節，兩校同志設宴廣州大三元酒家歡送歡迎，題此惜別【一】

膽肝相照證初盟，四載論交心更傾【二】。離合難忘同志愛，去留都順萬民情。筵開共對春光好，人願長如鐵石貞。綠酒華堂應一醉，兩般滋味送和迎。

註：

【一】此詩唯見於「初抄本」。
【二】原註：「余與古丈鄰居康樂園，識荊四載，獲益良多。」

夜讀毛主席著作【二】（八首）

春融桃李萬千姿，如此生涯即是詩：薄暮燕歸人課罷，繁花風暖月來時。燈明飯飽無他慮，義正辭嚴是我師。三十九年歌復泣，擁書忽覺耐尋思。

百年灰劫憶神州，蕩析生民亂未休。故國陵夷真一恥，義師誰起奮同仇？井岡山上紅旗展，大渡橋橫鐵索浮。千萬工農心向處，漫天風雨濟同舟！

山河轉戰入農村，游擊常聞破敵屯。他日風雲來八面，當時星火烈千原。勢如秋颼吹殘葉。人望春江吐曉暾。歷盡艱虞還記否，要從階級認仇恩！

湖南農運似潮高，地霸官紳一例逃。鄉壤早分親與敵，鎮城猶說好和糟。四權破盡風何疾，密網衝開氣更豪。笑向湘江問煙樹，立場應比舊時牢！

忍看家國漫妖氛，頑敵何當鱠縷分？團結鬥爭原有待，投降速勝竟誰云！一篇持久傳高論，四億堅強唱合群。朔雪炎風經百戰，逢人相與頌紅軍。

一章綱領八方從，民主權歸天下公。萬國衣冠瞻瑞日，九州文物沐東風。共迎歲月開新紀，更樹規模進大同。我愧書生無末技，但憑馬列學農工。

路線分明辨主流，太陽升起耀神州。萬家燈火迎公社，億頃黃雲樂有秋【二】。小腳道途寧慢步，雄心山嶽要低頭。荷鋤莫笑書生弱，鼓勁還能奪上游。

一生踐履未能忘，每憶艱危見主張，偉論自成群眾力，大名真比太陽光。探源馬列多新創，領導工農有立場。舉目京華望明月，東風頻送百花香。

註：

【一】此題，「初抄本」作「夜讀毛主席著作，頗有感悟，恭成八律」。

【二】「萬家」兩句，於「初抄本」中，「燈火」作「彩燈」；「黃雲」作「金黃」。

南朝鮮風暴【一】（二首）

生民饑溺竟何如？鼎沸朝南問獨夫。凜凜義旗同罪汝，堂堂大族豈為奴。引狼入室寧終忍，竊國封侯此共誅！更警遠方侵略者，是非公論不容誣！

朝鮮古國足千秋，寧讓狂徒肆意偷。傀儡登場誰指使？蒸黎失所任虔劉。更無一事非殘虐，尚有何顏問恥羞。南北會看歸一統，虎倀應不列人流。

註：

【一】此詩唯見於「初抄本」。

《毛澤東選集》第四卷出版【一】（五首）

月色如銀夜不眠，一心只為購鴻篇。喜看書卷今猶在，珍重巾箱近十年。
尚憶群魔降伏時，篇章字字盡良師。當年倀虎人何世，今日江山主是誰？
紙虎分明論不刊，至今頑敵膽猶寒。北南三捷功如許，留得龍韜世共看！
人民民主足規模，建國新章眾望孚。十一年前試回首，兩條命運兩前途。
白皮書見五批評，幻想丟開要鬥爭。豈有屠夫竟成佛，當心猶是假和平。

註：

【一】此詩唯見於「初抄本」。

神仙會【一】

翩翩共赴神仙會，高館求真意未休。信有金丹能換骨，應無頑石不低頭。
忽驚悟徹蟾光滿，更覺情長江水流。歷歷艱虞逢盛世，幾多歌哭記陽秋！

註：

【一】此詩唯見於「初抄本」。

偉論【一】

偉論應須肅靜聽，八方多士屬承平。才探玉律傾心慕，如獲金篦刷眼明。蠶食鯨吞傷往劫，龍降虎伏起蒼生。華堂我愧衣冠隊，痛憶行藏無限情！

註：

【一】此詩唯見於「初抄本」。

廣州烈士陵園【一】

烈士陵園接翠臺，昔時惟見野鴻哀。一聲霹靂搖天地，萬里奔騰斬草萊。老樹臨風猶有節，紅花如血尚爭開。遊人共說湖山美，多少頭顱換得來！

註：

【一】此題，「初抄本」無「廣州」二字。【猷按】於「初抄本」中，〈農民講習所〉〈烈士陵園〉〈鎮海樓〉〈荔枝灣〉組成詩組〈廣州吟草〉。

鎮海樓

如雲殿閣映花橋，卻憶王佗老氣驕。瘴雨長途煩使節，蠻方椎髻異風謠。千秋割據餘林壑，百載陵遲有獍梟【一】。我上層樓正佳日，萬方歌舞奏簫韶。

註：

【一】「百載」，「記錄本」作「千載」，疑為筆誤。

荔枝灣【一】

荔灣如帶久成荒，喜見玲瓏絢夕陽。曲岸東西聞笑語，紅樓日夜泛輕航。昌華舊夢誰追憶？仙館遺蹤已渺茫。多少豪門奢泰地，人間都已換滄桑！

註：

【一】此題，「記錄本」作「荔灣」。

農民講習所【一】

農家隨處正多歡，來訪當年舊講壇。堂坫似聞言慷慨，硯臺猶想字翻瀾。

明窗淨几純風在，斷簡殘篇偉論看。好是功成笑回首，滿庭紅日照朱欄。

註：

【一】此詩唯見於「初抄本」。

下放詩草【一】（十三首）

潮汕專區揭陽東浦，時隨中山大學師生下放揭陽勞動【二】。

註：

【一】本詩組據「初抄本」，原無「十三首」三字，據其例補。此題，其他各本作「下放吟草」，且只收十二首。

【二】「潮汕專區揭陽東浦」此句據「手稿本」，原有「十二首」三字。「初抄本」作「下放潮汕專區」。「手稿本」及「初抄本」均無「時隨中山大學師生下放揭陽勞動」數字，此據「記錄本」。【猷按】此詩組於「初抄本」編次凡十四首，然第十四首有說明乃「外一首」，蓋〈重過惠州西湖〉已非下放勞動之屬。今據其實，詩組則實為十三首，而第十四首〈重過惠州西湖〉，則編為「外一首」。

一、行裝【一】

又向自然擂戰鼓，壯哉行色滿黌宮。漫誇巨筆驅頑鱷，且看長纓縛猛龍。天地要隨人意改，江山永奠歲時豐。郊原一望胸懷闊，那計潮州路幾重！

註：

【一】其他各本於詩題前均無序號。

二、留別

立功不論去還留，若數英雄遍九州。雲樹蒼茫心一點，海天空闊足千秋【一】。荊花滿苑成華錦，朗月迎人入畫樓。握手多情珍此別，紅旗高舉各分頭。

註：

【一】「足」，「手稿本」及「初抄本」均作「事」，此據「記錄本」。

三、贈內【一】

滿窗秋月正盈盈【二】，細檢行裝赴力耕【三】。惜別肯為兒女態？寄書多說儉勤情。帶經荷鍤吾常習【四】，育幼將雛汝莫輕【五】。試看上游誰奪得？朝陽明月照雲程。

註：

【一】此詩又見於小活頁紙，然其題則作「贈愛人」。其他各本均未收此詩。

【二】「秋月」，小活頁紙作「圓月」。

【三】「行裝」，小活頁紙作「行縢」。

【四】「帶經」，小活頁紙作「串經」，疑為筆誤。

【五】原註：「愛人任中山大學幼兒院保育員。」（小活頁紙無此註。）

四、農家

才到農家便率真，豈令言語隔精神【一】。田頭荷鍤堂前飯，不似新交似故親。

註：

【一】「令」，原作「因」，此據「手稿本」。原註：「余不懂潮語。」

栽。

註：

【一】「手稿本」原註：「我們小隊趙同志從內蒙古攜來大白菜種子一大包，送給揭陽東浦小隊。」（「初抄本」於「內蒙」後無「古」字；於「送給」後有「我們下放的」五字。）

五、種菜

菜種爭分說美哉，深情遙自內蒙來【一】！豈惟地上家家播，兼向心頭顆顆

六、喜訊

冬耕何地不深精？小麥紅薯任品評。好是上游能奪得，報將喜訊黨先聽。

七、觀劇

假期前夕動笙簫，放下鋤犁意態嬌。最愛豐收農樂舞，清歌猶似隴頭謠。

八、老農座談會

一片麥苗綠，千箱稻穀金。門前新月色【一】，燈下老農心。耕稼論豐歉，生涯比昔今。抗洪思黨社，能不感人深。

註：

【一】「門前」，原作「村前」，此據「手稿本」。

九、小隊生產會議

連村甘蔗地，當戶菜花田。綠映榕江水，香飄東浦煙。牛歸欄裡久，人語屋中傳：「大力抓肥料，豐收在目前！」

十、食堂

夕照欄籠外，畦蔬繞食堂。婦兒相聚喜，飯菜共嘗香。工長今年值，標增每戶糧。安排生活好，歡笑滿村莊。

十一、趕集

平疇公事畢，歸理小塽畦。傍水澆瓜菜，當門飼豕雞。朝霞發東浦，集市趕曲溪【一】。共說前程好【二】，天堂社是梯。

註：

【一】原註：「曲溪是東浦附近市集。」「記錄本」此註，於「曲溪」前有「愚居東浦」四字。

【二】此句，原作「豈作商人夢」，此據「記錄本」。

十二、明月當頭寄懷盧光耀老師

一九六一年元旦。時余下放揭陽居東浦，盧老師居廣州西村廣雅中學【一】。

盈盈今夕蟾光，況是新年佳節！門對菜香麥秀，歲祝物豐人悅。江流十曲九彎，歌賞一唱三疊。遙憶盧子多情，西村東浦明月【二】。

註：

【一】此詩題原作「一九六一年元旦之夜，適逢明月當頭，有懷盧光耀兄」，小序則作「時盧執教廣州西村廣雅中學」。「油印本」目錄，此題則作「一九六一年元旦之夜有懷西村盧光耀兄」，而在詩前題目則為「一九六一年元旦之夜，時余下放潮州揭陽東浦，適逢明月當頭，有懷西村盧光耀兄」。今此題與序皆據「記錄本」。

【二】「手稿本」於此句末有自註：「時下放揭陽東浦。」另「手稿本」於詩組後又有自註：「時盧兄執教西村廣雅中學。」

十三、參觀揭陽寶山農場

牧豬種菜皆英傑，難得芳辰訪寶山。對面高峰青靄靄，四圍甘蔗碧珊珊。
樓臺草舍皆成畫，石徑林坳若轉環。更上層階亭畔望，田疇指點白雲間。

外一首・重過惠州西湖【一】

廿載重來愛此湖，不因佳勝記髯蘇。敵頑安在蛟龍伏，華屋新添入畫圖【二】。

註：

【一】此詩唯見於「初抄本」。

【二】原註：「惠州大水後，屋宇重建一新。」

辛丑春節次韻奉和盧子光耀見寄，並約賞梅之會【一】

廣雅風光好，名花臘月開。龐公欣訪得，元直惜難來。剪韭情何摯，論詩愧不才。待君踐春約，更賞嶺頭梅。

註：

【一】原註：「擬與陳誠先生同來，未果。」

海上英雄頌【一】

汕頭港外海連天，秋光照耀捕魚船。清晨張網甫欲下，太空昏黑風迴旋。巨浪滔滔急雨至，雲外饑鷹猶斂翅。艙前忽有賊專橫，竟幹人間羞恥事！勇哉黃友才，怒目立前艙：「我素臨危不負黨，鼠輩何得稱強梁！」裂眥磨拳欲奮擊，旋思有勇當知方。轉怒為笑且搭訕，尋彼之弊用我長。風愈緊，浪愈高，蛟龍夜出鴟鴞號。櫓疾帆輕向香港，群賊指點、碧藍深處衝波濤。獻媚主子光先叨：黃金美女兼醇醪。臉色倨傲心貪饕，相視大笑誇功勞。須臾艙底三賊睡，如雷鼻息聲嘈嘈；其餘二賊亦疲極，巡邏監視疏分毫。友才救伴奪得斧，精神振奮，共顯身手，殺賊如羊羔！

老賊三創腦迸裂，餘賊相爭同濺血。「誰敢艙前再較量？更把頭顱試斧鉞！」開山舉起壓當頭，利刃揮來寒入骨。搏鬥原知拚死生，當機立斷真豪傑。釘裝束索代囚籠，捆賊歸航隨海月。竟夕秋江陣陣歌，明朝盛事紛紛說。

註：

【一】此詩唯見於「初抄本」。

姊妹漁輪頌

珠江江水澄如玉，倒映樓臺絢紅旭。漁輪姊妹出新洲，要使羊城皆食足。鼓浪雙雙逐鷺鷗，歌聲唱出漁家福。行行未到北部灣【一】，忽壞一輪如脫轂。為捕魚群滿載歸，寧辭鋼纜權相續。

灣頭打捕已經旬，盈艙潑刺耀銀鱗。收罟檢點七百擔，笑指歸程第幾津！

並駕行行南海面，忽然報導風雲變。颶母迎頭勢莫當，卷起飛濤千尺練。青蛟玄鱉肆囂頑，河伯海神決酣戰。四顧茫茫天地昏，纜斷船漂兩不見。

風雲接地浪滔天，纜條雖斷兩心堅。此時個個皆忘我，為救同群覓友船。

地轉天旋雲漠漠【二】，一船衝出窮搜索。一船已破正顛簸，艙漏船傾聲閣閣。「黨員豈有怕艱危？同心頂住風波惡！」任教艙外險橫生，拍電掌舵神自若。電訊頻傳勇倍加，臨危更見多謀略。
海闊天空一點心，微茫幾度費追尋。群舟出動繼炮艇，黨政情如海樣深。
須臾日出群魔懾，喜見雙輪歸報捷，照耀層鱗萬點金，舟艇追隨旗獵獵。
紅旗岸上風飄蕩，萬眾歡騰齊鼓掌。共祝諸君風格高，答道：「栽培惟賴黨！」

註：

【一】「行行」，「初抄本」曾作「航行」。

【二】「地轉天旋」，「初抄本」作「天轉地旋」。

參觀白雲農場【一】

翩翩連袂快登峰，南國林煙翠幾重。戶傍流泉無俗韻，橋通幽谷有清風。
白雲起滅自千載，花果紅黃今萬叢。好是牧豬兼種菜，分明場圃盡英雄。

註：

【一】此詩唯見於「初抄本」。

參觀蘇聯宇宙飛行展覽會【一】（集唐人詩句）

自笑平生誇膽氣（韓愈），天上忽乘白雲去（柳宗元）。飄然轉旋回雲輕（白居易），一人出兮不容易（白居易）。

排雲馭氣奔如電（白居易），九重深處無人見（劉禹錫）。身在仙宮第幾重（韓愈）？赤氣衝融無間斷（韓愈）。

瑤池阿母綺窗開（李商隱），日月照耀金銀臺（李白）。從此世人開耳目（劉禹錫），春風搖盪自東來（白居易）。

煙波澹蕩搖空碧（白居易），意想洪爐始開闢（劉禹錫）。美人胡為隔秋水（杜甫），哭向青雲椎素臆（元微之）。

註：

【一】此題，「初抄本」作「參觀蘇聯宇宙飛行展覽會後，喜集唐人詩句」。

辛丑端陽有懷屈子【一】

沉淵屈子恐靈修，湘水滔滔尚自流。今日芬芳無秦野，當年詞賦獨深愁。

滄桑已換人間世，鑼鼓仍喧海上舟。把酒端陽逢郅治，不須重讀楚春秋。

註：

【一】此詩唯見於「初抄本」。

辛丑中秋後一夜，泛舟追月，過海珠大橋【一】

嫦娥素影尚堪追，仙侶同舟興自隨。明月肯輸前夕滿？大江能任眾船馳。燈花夾岸遙聞笛，秋水連天獨賦詩。笑問鐵橋橋外樹，人間換了可曾知？

註：

【一】此詩唯見於「初抄本」。

一九六一年十二月十七夜，武漢市曲藝隊來校表演相聲【一】（四首）

靜聽諧談笑莫嘩，每看機智羨才華。即今具見文園美，放出瓊枝又一花。

一手歌傳萬種情，更聞狗吠與雞鳴【二】。奇才今異田文客，又賺秦關賺笑聲。

事業寧如革命難？臨危方始見忠肝。管他面目猙獰甚，滿作顢頇木偶看！
哭笑分明態萬千，藝壇風格此周全。多君諷盡人間世，今日人間換了天。

註：

【一】此詩組唯見於「初抄本」。

【二】原註：「演員有善為口技者。」

懷杜甫

紀念杜甫誕生一千二百五十週年【一】。

當年那識少陵悲，凄斷長鑱托命時。空自懷才比稷契，竟教遺恨寄歌詩！
開天以後元多難，屈宋而還更有誰。今仰草堂人似海【二】，九泉安得報公知！

註：

【一】「初抄本」於「紀念」前有「為」字；「週年」後有「而作」二字。又詩題，「初抄本」曾作「詠杜甫」。

【二】此乃「手稿本」原句旁修改之句，原作「今日草堂春似錦」。

中山大學圍棋分會成立【一】

莫笑兵機紙上談，龍韜豹略手中參。奩分黑白紓籌策，局決雌雄戒躁貪。玉子聲鏘春正暖，瓊花香發興方酣。願君課罷來斯會，竹院松窗妙著探。

註：

【一】此詩唯見於「初抄本」。

對弈

亭午微風竹院清，高人喜共試新枰。百花簾影增顏色，此老胸藏萬甲兵【一】。妙著漸看形勢好，深謀堅信大功成。通神知有全盤策，更盼雍容落子聲。

註：

【一】「手稿本」於此句旁有鉛筆記曰「孫樂宜市長」。

怒題三絕句

堂堂華夏久陵夷，高舉紅旗起義師。四十一年青史在，工農誰個不揚眉。神州六億志成城，鼠輩何憑妄動兵！怒向臺澎叱群醜【一】，風波猶作不平鳴【二】。

堠火臨江肅陣容，攙槍待掃氣如虹。劍光飛起衝牛斗，孰敢前來一試鋒？

註：

【一】「怒向」，「初抄本」作「直向」。

【二】「不平鳴」，「初抄本」作「怒潮鳴」。

題《商衍鎏詩書畫集》

商衍鎏老先生惠賜其大作詩書畫集【一】，拜讀之下，喜不自勝。謹題一律，以表謝意。

一卷明吾眼，相看喜若癲。詩書欽志節，竹石仰高堅。永日蘭階上，春風杖履前。毫端揮灑處，想見樂怡然。

註：

【一】「大作」，「初抄本」作「大著」。

羊城八景新詠【一】（八首）

註：

【一】此詩組詩題前序號據「初抄本」，其餘各本皆無序號。

一、紅陵旭日

東風浩蕩謁紅陵，日出湖山景色增。老樹盤根春郁勃，萬花如火氣蒸騰。
思量偉業肩猶重，話到清芬懦亦興。一瓣心香吾頂禮，高歌先唱太陽升。

二、珠海丹心

橋邊紅日似明珠，耀眼丹心七尺軀。屹立何曾懼風雨，高瞻長是向康衢。
層樓櫛比交輝映，巨舶雲來暢運輸。偉業艱虞還記否【二】，今時花草囊榛蕪。

註：

【二】「虞」，「初抄本」作「難」。

三、越秀遠眺

參差館閣聳雲天，越秀登臨春正妍。五嶺北來山獻寶，珠江南望突騰煙。誰驅筆路成今日，劫墮荒城憶往年。欲向佗王問興廢，五層樓外豔陽邊。

四、白雲松濤

十年誰種萬株松？喜上天南第一峰。金液池旁雲靄靄，明珠樓外水淙淙。相看勁節巢歸鶴，更作濤聲起蟄龍【一】。放眼請君回首望，漫山花果復重重。

註：

【一】「起蟄龍」，「初抄本」作「化巨龍」。

五、鵝潭夜月

輕舟同泛白鵝潭，千里嬋娟淨蔚藍【一】。此夕晴空懷朗朗，當年醜虜視眈眈。光回沙面紅旗展，煙篆天心翠港涵。笑指繁燈明豔處，清輝相映樹毿毿。

註：

【一】「千里」，「手稿本」作「月色」。

六、雙橋煙雨

垂虹春色架雙橋，珠海濛濛入畫描。煙繞西村迷遠樹，雨濡南畝茁新苗。車通隔岸雷初歇，鳥逐飛帆影漸消。萬里交流獻瑰寶，城鄉處處盡堪驕。

七、東湖春曉

東山何處最宜春？九曲橋通淥水濱。曉日照紅花映面，東風吹綠柳迎人。即看爛漫啼鶯燕，曾是荒涼雜莽榛。卷袖直須呼小艇，一篙點破滿湖銀！

八、羅岡香雪

深情無限立羅岡，耐對梅林意念長：曾共歲寒知素履【一】，每隨明月見光芒。任從雪壓千株冷，迎得春回一段香。最愛飄然雲外鶴，至今來認舊家鄉。

註：

【一】「素履」，「初抄本」作「素抱」。

讀《雷鋒日記》

歷歷生涯悲復喜，分明憎愛一心同。人懷典範言詞外，功在平凡事業中。山上競瞻松挺節，河旁真笑柳隨風。史詩唱出春如錦，萬朵鮮花向日紅。

詠松

余居康樂園，忽逾十載，門前古松一株，挺拔可愛。秋雨方霽，早起視之，彌覺蒼勁【一】，感賦是詩。

家傍淩雲一古松，十年對爾傲霜容。清秋已霽連宵雨，老幹能當八面風。錯節早宜棲素鶴【二】，乘時直待起真龍【三】。即看翠色濃如許，日出湖山何處鐘？

註：

【一】「蒼勁」，「初抄本」作「蒼翠」。
【二】「錯節」，「初抄本」曾作「挺節」。
【三】「乘時」，「初抄本」曾作「盤根」，又曾改作「潛鱗」。

一九六四年春節試筆【一】

余參加番禺大石公社社會主義教育運動，歸來後即逢中山大學教工春節團拜大會，喜賦是詩。

凱歌才奏趁朝陽，又祝春釐聚一堂。桃李有花皆豔麗，杉松無樹不貞剛。傾心好景談何健，放眼雄圖氣更昂。莫笑獻詩成老例，一年情較一年長。

註：
【一】此詩唯見於「初抄本」。

喜讀《毛主席詩詞》【一】（六首）

百花香處讀華章，風物宜人放眼量。四十三年前後事【二】，一回吟唱一眉揚。

秦皇漢武事悠悠，群力終摧帝業休。六億神州歌馬列，千秋人物孰風流。
赳赳紅軍記遠征，雪山度後日晴明。當年霸主今何在，鐵索雲崖無限情。
鐵臂銀鋤麗日邊，頓教滄海變桑田。紅旗飄處多奇跡，譜入新詩第幾篇？
春風吹散滿林霜，不見冬雲見豔陽。如畫江山憑寫照，蒼蠅凍死嶺梅香。
五洲何處不風雷？螞蟻蚍蜉盡化灰。橫掃千軍揮勁筆，工農八面一齊來！

註：

【一】此詩唯見於「初抄本」。

【二】原註：「建黨至今四十三年。」

次韻奉和郭丈瘦真廣東文史館即景之作（六首）

鱣堂課罷又詩亭，人似蒼松歲歲青。文苑尚煩頻灌溉，好花隨處發芳馨。
夕陽鐘響講筵開，文史丹青次第排。好是弦歌聲不絕，月光高照讀書臺。
家學原知愧謝安，敢論經史飽曾餐。欲培蘭桂無佳種，修竹憑公植一竿。
桃李無言漸滿蹊，花花葉葉向陽齊。東風吹得春如錦，更有靈根護紫坭。
葡萄架上繞蒼藤，聞道春園列錦屏。何日西窗同論道，微風香送滿芳亭。

維摩雖病轉多情，日日長吟有正聲。況是鈞天風景好，盡搜佳句入懷清。

讀《庚子北行入陝紀程詩草》寄贈曾丈靖侯

先生杖履足春風，萬里遨遊詩一筒。好事新人聞見外，名山秀水往來中。華清池畔林逾綠，捉蔣亭前花正紅。欲問此時情幾許？倚欄吟罷月如弓！

一九六四年建軍節【一】

穿雲撥霧擒飛賊，破浪沿江虜諜航。聞道大軍頻報捷，評功會上劍如霜。

註：

【一】此詩唯見於「初抄本」。

曾丈靖侯以毛主席詠梅詞意繪畫見贈，賦此申謝【一】

一段香飄百丈崖，漫天飛雪色彌佳。先生彩筆無窮意，寫得花枝寄雅懷。

註：

【一】「見贈」，「初抄本」作「賜贈」。

敬讀曾丈靖侯《癸卯春初疾作整年休病中雜詠》詩一卷後，不勝欣慕，題此奉寄【一】

春風送暖日晴明，老樹新芽一例榮。久病維摩初睡起，多情猶作頌時聲。

註：

【一】此詩唯見於「初抄本」。

訪謝健弘老師承示近購端硯感賦【一】

摩挲古硯意何如，耐對松窗百感俱：塵土久封疑劣石，幽光始發賴真儒。會看氣掃千軍筆，盡寫胸藏萬卷書。聞道端溪多異寶，更須珍重起琳腴。

註：

【一】此詩唯見於「初抄本」。

誓師【一】

參加花縣社會主義教育運動誓師會作。

我心如箭月如弦，肝膽相期鐵石堅。贈別盡聞豪壯語，斯行況是朗晴天。誓傾葑菲酬吾黨，信有芳馨答眾賢。會看花山最高頂，紅旗三面永新鮮。

註：

【一】此詩唯見於「初抄本」。

花縣竹枝詞（十一首）【一】

下鄉三月速寫。

黃雲涵影稻連阡，曉月涼時淨宿煙。門外笑聲催早起，秋收恰好趁晴天。

割禾個個是英雄，日影銀鐮幹勁衝【二】。歲歲豐收誰保障？不愁水旱不愁風！

記得田頭戽水頻，疏星殘月話勞辛。於今喜見芙蓉嶂【三】，流注山村萬戶春。

東升紅日照金黃，到處灰砂曬穀場。曬得穀乾應記取，先將穀粒送公糧【四】。

為迎豐產建糧倉，平土挑坭大夥忙。莫道書生無氣力，能添一瓦亦榮光。

分畦累土漸成堆，陌上挑來草木灰。好播萬千紅種子，要它一一向陽開【五】。

剛才收了落花生，斬蔗成群又趁晴。瞻望明年好光景，大家添種紫雲英【六】。

江流曲處板橋西，野草千堆煙火迷。為備春耕忙不了，積肥籮篸壓肩低【七】！

小麥青青菜著花，是誰鵝鴨鬧啞啞？持竿急得滿頭汗，好個姑娘社作家。

村南村北電燈明，荷鍤人歸廣播聲。遙想暮雲煙樹外，流溪河水正深情。

雨後群山碧四圍，小橋流水靜斜暉。門前貓犬迎人喜【八】，路上兒童放學歸。

註：

【一】此詩組據「初抄本」。其餘各本皆作「十首」。

【二】「日影」，「初抄本」曾作「千把」。此據「手稿本」。

【三】原註：「指芙蓉水庫。」

【四】「曬得」兩句曾作「黨愛農民農愛黨，曬乾穀粒送公糧。」此詩其他各本皆不載。

【五】「大家」，「初抄本」作「欣然」，此據「手稿本」。

【六】「篸」，「初抄本」曾作「簍」，此據「手稿本」。

【七】原註：「花縣已普遍安裝電燈、收音機、廣播器等，由流溪河水力發電。」此註，「手稿本」唯作「指流溪河發電站」一句。

【八】「貓犬」，原作「雞犬」，此據「手稿本」。

訪洪秀全故居（二首）

時余隨中山大學師生到花縣獅嶺參加四清運動【一】。

白沙流水步先趨【二】，為慕天王訪故居。豌豆花香開幾度【三】？荔奴樹老認殘株【四】。空憐醒世歌原道，孰使焚身失壯圖？難得一篇田畝制，至今人共仰嘉模【五】。

天王率眾定金陵，直斬妖邪駭左曾。氓隸方聞稱一快，弟兄何致竟相淩？十年太息熊羆老，百載猶傳戰馬騰。今日不須重吊古，紅旗飄蕩太陽升！

註：

【一】「手稿本」無此序。

【二】「先趨」，「初抄本」作「徐徐」。

【三】原註：「天王失敗後，人民懷念太平軍，歌云：『豌豆花開花蕊紅，太平軍哥哥一去影無蹤。我黃昏天守到日頭出，三春又守到臘月終。只見雁兒往南飛，不見哥哥回家中。』」

【四】原註：「故居旁有龍眼樹一株，為天王所手植。龍眼樹又名『荔枝奴』，或簡稱『荔奴』。」（「記錄本」無「或」字）

【五】「難得」兩句，「初抄本」曾作「最是一篇田畝制，筆鋒橫掃孔家書」。「手稿本」從「初抄本」，然改「最是」為「難得」。

立雪堂

立雪堂位於花縣獅嶺之楊屋【一】，蓋楊族子孫紀念楊時者也。堂已破毀，僅存前門殘壁一角【二】，有石刻聯云：「道學淵源追立雪，人材薈萃欲淩雲。」

紛紛道學漫評量【三】，千古殘存立雪堂。花落花開春歲歲，人歌人哭水泱泱。靖康多難空歸罪【四】，紹聖尋源只斷腸。莫向先生問出處，即今閩洛亦荒涼。

【猷按】此詩，在「初抄本」中曾作「淵源道學今誰溯？殘石徒存立雪堂。花落花開春歲歲，人歌人哭水泱泱。貧農有幸談家史（曾改作『中華有幸歸民主』，『有幸』又曾改作『早已』），公社多情話立場（曾改作『大宋何堪吊國殤』）。時代革新封建廢，龜山功罪待平章（『龜山』曾改作『可憐』）。」

註：

【一】「手稿本」無「獅嶺」二字。
【二】「存」，「初抄本」作「餘」。
【三】「評量」，「手稿本」作「平章」。
【四】「空」，「手稿本」作「誰」，「油印本」作「能」。

花縣楊屋看電影有感【一】（四首）

一、萬惡的地主莊園

猶憶莊園競物華，萬人何心恨劉家？問誰日夜流膏血，卻灌豪門富貴花！

二、礦山血淚

不堪重說斷魂橋，誰把歸魂礦穴招！白骨如山仇似海，至今遺恨莫能消！

三、暴風驟雨（二首）【二】

草屋瓊樓風雪夜，人間歌哭幾春秋！歲寒莫笑窮光腚，正是貧農硬骨頭。
胸懷磊落了無塵，為斬豺狼不顧身。難得光榮含笑死，槍桿傳與接班人。

註：

【一】此詩組唯見於「初抄本」。

【二】原無「二首」兩字，而於第二首前有「又」字。今據其例刪「又」字，補「二首」兩字。

援越抗美高歌一律【一】

水陣山營日練兵，紅旗獵獵寶刀橫。誰誇蟻夢稱王霸，急難鴒原有弟兄。
友誼關嚴星月白，紅河浪闊火烽明。一時多少英雄輩，響徹雲霄抗美聲。

註：

【一】此詩唯見於「初抄本」。

贈謝正文【一】

吾師健弘令媛正文同志畢業中山大學，分配廣西工作，贈此共勉。

謝師有女懷真學，踏上紅專道正長。領袖名言書四卷，人民偉業事千方。
柳花著意傳飛絮，漓水多情向豔陽。此際臨歧應共勉，一詩吟到桂花香。

註：

【一】此詩唯見於「初抄本」。

康樂園練兵歌【一】

紅旗日出風飄飄，華南九月豐草蔞。康樂廣場人如潮。
須臾肅立靜不囂，天高雲淨鳴飛雕。立正屹然毋動搖，左彎右轉步伐調，
前進整齊雄麃麃，跳步矯健如龍跳，一動一靜多風標：男女碩壯勇不驕。
誰施軍令明昭昭？共黨領導皆有條。同仇敵愾暮復朝，敵人磨刀我磨刀，
臺灣敵焰猶未消，越南戰火方燃燒。練槍練準除群妖，援越之聲干雲霄。
放下筆桿操槍鑣。允文允武本領超，全國皆兵防奸梟。
美帝膽敢尋釁挑，迎頭痛擊不汝饒，迎頭痛擊不汝饒！
嘻嘻，迎頭痛擊不汝饒！長槍在手彈在腰，美帝若來頭額焦！

註：

【一】此詩唯見於「初抄本」。

國慶後五日，歡送五同志下鄉參加社會主義教育運動【一】

豈是尋常別？農村共訪貧！風霜資歷練，人我此更新。學院秋如水，離筵暖似春。知君聽黨話，從不負諄諄。

註：

【一】此詩唯見於「初抄本」。

奉答甦樓主人元旦抒情之作【一】（一九六六年）

聞道高人逸興加，年來詩事作生涯。夢回香記紅梅雪，病起春看老樹花。天外潮聲心共沸，江干曙色想應遐。知公別有真懷抱【二】，豈是尋常詠物華。

註：

【一】此詩題目，「初抄本」作「奉答瘦真丈一九六六年元旦抒情之作」。

【二】「別」，「初抄本」作「自」。

題江姐畫像

巍然岩石立橫眉，不改當年颯爽姿。凜凜青松經雪後，遲遲紅日欲明時。刑殘渣滓心猶憤，人歷艱危節始知。今日悼君無別語【一】，接薪傳火有佳兒。

註：

【一】「今日」，「初抄本」作「對像」。

承馬國權君題箑，賦此致謝【一】

書法今應馬氏推，波蘭日本譽如雷【二】。師承魏塚傳心得，功自蘭亭換骨來。士別三天當刮目，人紅一色況專才。題成小箑饒深意，字字簪花不染埃。

註：

【一】「君」，「初抄本」作「同志」。

【二】「譽如雷」，「手稿本」作「耳如雷」，「油印本」作「耳聞雷」。又原註：「馬君書法曾在波蘭、日本展覽，獲得好評。」

穿雲破浪凱旋歌【一】

鼠輩寧容妄跳樑，堯天萬戶樂無疆。穿雲已報擒飛賊，破浪還聞虜諜航。
震遠聲威人共譽，同仇士氣孰能當。軍民多少如輪眼，魅影魑蹤何處藏。

註：

【一】此詩各本均不載，唯見於小活頁紙。

迎賓館恭聆陶書記座談【一】（十月十一日）

亭午微風石徑涼，桂花時節滿園香。三江蹌濟來多士，一片精誠見熱腸。
倍覺光明聞卓論，愧酬葑菲惜年芳。氣投蘭蕙忘吾爾，門外清暉入畫堂。

註：

【一】此詩各本均不載，唯見於小活頁紙。

第四集　蓬累集

（一九六六—一九七六【一】）

註：

【一】「油印本」作「一九六六至一九七七年」。

落花（五首）

那堪雨妒更風欺，恨別愁歌瀣露詞。無數嫣紅香冉冉，一時岑寂去遲遲。莫辭逝水流荒塢【二】，縱化微塵護故枝【二】。來歲春芳如可待。夢為蝴蝶與君期【三】。

綠慘紅衰不見春，寒林飄泊剩芳塵。鳳凰棲老枝原勁，杜宇啼殘血尚新。信有清芬傳故苑，恥留玉質媚他人。莫辭萬片繽紛落，好待漁郎訪舊津。

梁園煙鎖夜茫茫【四】，燕去春殘月正黃。碎玉含愁猶惜影，撲簾驚夢本傳香。誰知片片無歸宿，曾是株株向豔陽！未必此身終冷落，明朝水面看文章。

春露秋霜盡飽經，年年開落幾枯榮。會心恨不逢迦葉，墜溷誰還惜范生。
天女散來雖是幻，老僧沾著豈無情。芳魂月夜歸何處？亂草寒塘吠蛤聲。
落紅一夜雨廉纖，雨過憑窗試捲簾。頓失芳心憐粉蝶，似留疏影傲銀蟾。
十圍喬木春何在？九畹幽蘭穢屢添【五】。老淚哭君無灑處，為防瓜李易招嫌。

註：

【一】「辭」，「油印本」作「隨」。
【二】「微塵」，「草稿本」曾作「塵坭」。
【三】「君」，「草稿本」曾作「相」。
【四】此詩又見於詩組〈詠木吟花四首〉（參見第八集〈歲寒三友詠懷〉），詩題則另作「歎落花」。此句「煙鎖」則作「花落」，並有小序曰：「一九六七年間作，時余將離開康樂園。」
【五】「屢」，「手稿本」作「盡」；「記錄本」作「已」；此從「自選修正初稿本」。

又落花【一】

今夜茫茫月【二】，殘照幾枝花？雨妒枝猶勁，風欺香愈遐！
不傷花落去，片片歸無主。但恐失清芬，英華沒塵土。
花落人誰惜？人愁花不識。人花兩無言，仰視高天默。

天上月晶晶，啼鵑淒咽聲！

註：

【一】此詩載於「手稿本」第一集，題作「落花」；「記錄本」載於第四集，題作「又落花」。蓋此詩初編於第一集，後編「自選集」，則訂正其編年，移於第四集，而發現題目有重復者，遂增「又」字。此詩於「手稿本」第一集中有「此首移於一九六六年後」數字。於「記錄本」第四集中亦有註曰：「此首與下一首（【猷按】指〈種花詩〉）曾誤刊入《樸廬吟草》第二卷。」（【猷按】此指「手稿本」。第二卷當為第一卷之誤。）

【二】「茫茫」，「手稿本」作「荒荒」。

種花詩（答友人）【一】

我說種花難，君說種花易。種得薔薇豔且香，誰知一身都是刺。
君說種花難，我說種花易。菊有黃花晚節芳，把酒東籬招逸士。
君說種花易，我說種花難。清清明月喜曇開，可憐一刻便凋殘。
我說種花易，君說種花難。漫天風雪任紛飛，夜對梅花共歲寒。
君說種花好，我說種花非。蓮出污泥全不染，淨直亭亭識者稀。
我說種花好，君說種花非。梨花帶雨雖多淚，素心猶得伴春歸。

君說種花非，我說種花好。幽蘭九畹播清芬，遑管旁人稱毒草【二】。

我說種花非，君說種花好。種得名花又若何？天涯春盡佳人老。

佳人老，芳心恐與同枯槁。不憂片片竟成塵，但憂潔質終難保。縱有靈根得護持，那堪雨妒更風欺！乾坤莽莽知何意？春露秋霜無盡時！請君莫問榮枯事，對君聊詠種花詩。

註：

【一】【猷按】「手稿本」原編入第一集，但有小字曰：「此詩移於一九六六年後。」詳見本集〈文落花〉。

【二】「毒草」，「手稿本」作「野草」。

貓兒謠【一】

貓捕鼠，護其主，應抬舉！

貓偷魚，醜狸奴，罪當誅！

貓捕鼠，貓偷魚，偷魚捕鼠飽肚皮，為功為罪貓安知？

貓捕鼠，貓偷魚，吃飽魚兒不捕鼠，吃飽老鼠不偷魚。貓功貓罪人能移。

貓捕鼠，老鼠跑光復思魚。主人吝魚竟將貓殺死，魚存鼠去樂何如！貓兒死，老鼠聞之大歡喜，結隊回來更放肆，偷魚偷油復偷米……主人對之唯歎氣，空思貓兒流眼淚。

註：

【一】【猷按】此詩各本均編於第二集。其實乃文化大革命初期所作。下至〈馬兒謠〉數首均仿此。先父曾曰：「此數詩暫不便更正，留待後人考證好了。」

狗兒謠

狗，狗，狗，守門口，狺狺護主威風夠。那管桀與堯，所親肉食厚。遠客來，狗聲密。怒目向客狂奔突。主人叱狗狗聲休，歡迎遠客入堂室。佳餚款客綺筵開，狗向客人乞賜骨。

主人獵，狗追隨。主人命狗捕狐狸。狐狸捕得主人喜，狗矜得寵頻搖尾。狐狸死，狗亦老。主人烹狗佐盤餐，把酒連誇狗肉好。新狗垂涎狗骨香，又向主人張口討。

豬兒謠

豬，豬，豬，眠酣食飽體豐腴。擺尾搖頭自蠢蠢，東遊西蕩樂何如！

誰知英傑志高遠，牧豬不負平生願。欲奪固予老謀深，愚曹那識恩藏怨？每煮金藤拌玉糠，頻因冬夏探寒暖。殷勤博得眾豬歡，饞嘴追隨常眷戀。風風雨雨為誰忙，豢肥好待屠夫選。

豬且樂，日酣嬉。從古生機伏殺機。生生殺殺尋常事，刳腸剜肉孰云非。嗚呼，刳腸剜肉孰云非？黃塵滾滾天將老，生殺人間那得知。

牛兒謠

牛有蹄，牛有角。蹄如鐵柱角如刀，刻苦耐勞何卓犖。一身力量大無窮，何以被人貫繩索？農夫牽鼻向前行，東西南北任呼喝！

農夫牽牛到南畝，炎陽蒸得皮膚黝。重軛壓牛肩，長鞭在農手。農夫鞭牛牛喘粗，推開坭土深耕透。

良田萬頃起黃雲，竊議豐收處處聞。牛唯吃草不吃米，農夫無米徒苦辛。金穀千堆何處去，官家倉廩化為塵！

官僚肥，農夫瘦，牛兒老。農牛老瘦為誰忙，農鞭老牛何世道？何如解卻牽牛繩，任牛自在吃芳草。青山綠水繞桃林，一片生機長浩浩。

馬兒謠

駿馬駿馬籋青雲，龍城一騎飛將軍。倏忽乘風寒敵膽，歷險真堪托死生！馬兒馬兒爾記取，效命應須輔賢主。要輔陳連升【一】，勿輔楚項羽。連升父子抗頑夷【二】，慷慨犧牲照青史。馬兒拒秣不食粟【三】，悲鳴殉主稱忠義。項王空逞拔山威【四】，蒼生不念念虞姬。可憐一怒坑秦卒，贏得烏江刎頸時。殘民合是天亡我，烏騅千古有誰思？

馬兒老，伏櫪毋忘壯心保。他年朽骨值千金，莫笑罷羸唯吃草。

註：

【一】「陳連升」，「手稿本」作「關天培」。此據「自選修正初稿本」。

【二】「連升父子」，「手稿本」作「天培奮勇」，且另起一段。此據「自選修正初稿本」。

【三】「拒秣」，「手稿本」作「飲泣」。此據「自選修正初稿本」。

【四】此句以下，「手稿本」另起一段。此據「自選修正初稿本」。

秋感（四首）

如棋世事悲今古，賦芧生涯感暮朝。漠漠嶺頭雲變幻，沉沉窗外月無聊。
蓮心我自嘗真苦【一】，桐尾誰還惜半焦。夢破江園疑病酒【二】，枕邊猶聽夜鳴條【三】！

得失文章只自驚，中秋不見月華明。殘篇合伴寒生老，倦鳥偏呼昨夢醒。
識字劇憐投閣累，問天誰解謫居情。搴帷悄步荒庭立，獨向寥空數曉星【四】。

微辭孰賦登徒子？大道難期應帝王。欲叩蒼旻心未死，莫臨青鏡鬢如霜。
當門樹影風猶急，吊月蛩聲夜正長。劇憶佳人愁絕處，朱弦那忍發清霜！

老去悲秋孰可寬，風塵回首悔儒冠。欲皈釋氏求圓覺，怕讀韓非感說難。
廢學窗前書半蝕，破禪門外雨餘寒。靈山聞道多嘉會，何日拈花一笑看。

註：

【一】「嘗真」，「初抄本」作「茹其」。

【二】「園」，「初抄本」作「城」。

【三】【猷按】此詩又載於「初抄本」「抗日戰爭時期」詩中，題為「無題」。今依「手稿本」移於此，詳見第一集〈無題〉。

【四】「草稿本」，「獨」曾作「欲」；「空」曾作「天」。

除夕（六首）

藥爐禿筆鬢蕭疏，又迫嚴霜度歲除。天地心容矜晚節，古今人慨誤儒書。
風流散盡滄桑後，肝膽誰存劫燼餘。夜伴梅花無一語，瞢騰病眼對清虛！

歲月雲徂亦可驚，一年風物幾枯榮？聊傾柏酒陪天醉，懶畫桃符任鬼橫。
比屋頻聞空杼柚，頌時猶見譜新聲。早判心共飛灰冷，莫倚枯桐待鳳鳴！

見影聞聲認未真，紛紛除舊祝迎新。群兒鉦鼓從相鬧，病客爐鐺且自親。
白鶴歸來應訝老，烏鴉鳴噪不成春。更堪花事無消息，那採芳馨遺遠人。

為卜天心守歲忙，萬千億劫感年芳。徒聞鸑鷟巢阿閣，豈有春風入草堂。
埋祟幾人同笑謔，祭詩何處掬馨香。不如更飲屠蘇酒，汗漫猶能傲醉鄉。

鎮日思春不見春，茫茫今古只愁人！當年白雪朱弦絕，何處青山玄鶴親。
禹域大同虛想像，齊州九點剩煙塵。朔篷燕幹凋零盡，深悔懸釐視虱輪！

嶙峋瘦骨苦矜持，有客焚香暮誦詩。文字飄零猶愛日，鬢眉不整獨違時。
歲闌點鬼渾疑夢，夜半呼兒欲買癡。似悟寥天荒漠意，冷風迎面看星移。

中秋月蝕

今夜中秋月，何事不團圞【一】？聞道天狗惡，要把兔兒餐。

兔兒原是月中寶，千秋共伴嫦娥老【二】。嫦娥舞袖正翩翩，兔兒銜得靈芝草。

天狗一見滴饞涎，張牙舞爪施橫暴【三】。

此時廣宇黯無光，秋容慘澹秋天荒。陰晴圓缺尋常事，忍見圓時罹禍殃！

桂花陌上逢樵父，樵父剛強掄巨斧。一見天狗怒難消【四】，斧落狗頭血如雨。雲開月朗兔蹦蹦【五】，花前又伴嫦娥舞。

註：

【一】「圞」，「記錄本」作「圓」。

【二】「老」，「草稿本」作「舞」。

【三】「橫」，「草稿本」曾作「強」。

【四】「消」，「草稿本」曾作「支」。

【五】「朗」，「草稿本」曾作「出」。

劫中抒感五十韻【一】

世變今何道？含愁問碧虛。垂亡文化運，陷溺老殘軀【二】。憲也貧非病，參乎謗莫除。千秋同一慨，萬恨敢微吁！

尚憶邦基奠，曾聞柱石儲。築臺羅眾彥，抱器赴群儒。天下三光滿，春前萬物蘇【三】。納民歸正軌，免我哭窮途。

我本邦多士，家唯宅一區。久思淳薄俗，欣起協宏圖。豈乏江湖志，終欽廊廟謨。葵心傾皎日，桐尾撿紅爐。天以誰為鐸，人嗟世不觚。掄才非鹿鹿，逐隊得魚魚。

師友弦歌盛，堂壇論議抒。談言皆馬列，問學到耕鋤。許子真英傑，樊遲豈賤夫。士林風漸化，文苑日相於。桃李春何燦，滄桑世忽殊。嗟哉罹內禍，竟爾忿深誅！

貝錦頻羅織，青蠅任玷污。初聞除一嶽，旋見逐三閭。曹鬼謀宗社，秦灰毀眾書。赭衣充道路，白帖滿街衢。箠楚知何罪，風聲即是辜【四】。掇蜂翻作蠱，掩鼻陷嫌狐。搖手須防禁，欺心孰辯誣。遇人無偶語，行路有趑趄。怕見錦衣衛，愁逢監謗巫。鬥爭多妙策，打砸遍通都。高帽裝牛鬼，青氈付盜渠【五】。

屍骸懸鬧市，財寶實苞苴【六】。柵影嚴諸巷，槍聲悚四隅【七】。路旁愁過客，屋角噪饑烏。死去誇英烈【八】，生還譽信徒。昏霾天慘慘，風雨夜呼呼。

聞道康平治，由來禮法俱【九】。示民唯有信，任下貴無虞。鼓腹知誰力。成功不自居。立人先治正，執策戒勞驅【一〇】。豈恥芻蕘問，寧為黔首愚。輿情諸族協，民口百川舒。諤諤心常赤，呴呴面實腴。辨奸誰獻論，充德自為符。

早已齊生死，何須問菀枯。胸懷原坦蕩，志節不衰渝【一一】。塞馬寧終失，和珍豈必沽。仰瞻河嶽壯，回睇土田腴。禹域人文盛，齊民協作劬。大同終在望，吾道未應孤。

註：

【一】詩題，「油印本」作「有感五十韻」。「抒感」，「手稿本」原作「有感」。

【二】此二句「草稿本」作「飄零文字劫，寂寞老殘軀。」

【三】「萬物」，「手稿本」作「萬木」。

【四】「是」，「草稿本」作「定」。

【五】「盜渠」，「手稿本」作「盜竽」。

【六】「財寶」句，「手稿本」於此句旁曾改作「派性別儲胥」。

【七】「悚」，「手稿本」原作「響」。

【八】「英烈」，「手稿本」原作「英傑」。

【九】「聞道」二句，「草稿本」作「聞道垂裳治，由來設網疏。」

【一〇】「立人」二句，「草稿本」作「小鮮烹不擾，良御戒勞驅。」

【一一】「胸懷」二句，「草稿本」作「坦懷真蕩蕩，高臥且徐徐。」又各本均作「空懷原坦蕩」，疑為筆誤，徑改。

劫中吟

孩子罵爸爸：「你是我敵人！」爸爸苦笑答：「我是你父親。」孩子向人說：「破舊已立新。」旁人板著臉：「嗟爾何所陳？你是黑七類，永世不翻身！」孩子不服氣，回校問先生。先生呆住了，搖首但頻頻：「我亦排第九，其臭不可聞。」孩子更不服，又問老紅軍。紅軍長歎息，忍氣何酸辛：「我是『反革命』，不堪話前塵！」孩子無路訴，但見狗狺狺。惡狗逢人咬，慎勿對它瞋！

拍屁吟

噬肉要噬肥，拍馬要拍屁。拍屁始得肥【一】，噬肥多滋味。由來拍屁人，人亦拍其屁。屁屁響連環【二】，氣薰千萬里【三】。屁雖臭難聞，肥肉香無比【四】。不臭不能香【五】，云是辯證理【六】！

註：

【一】「始得肥」，「筆記本」曾作「有奔頭」。
【二】「連環」，「筆記本」曾作「如雷」。
【三】此句，「筆記本」曾作「聲振雲霄裡」。
【四】「肥肉」，「筆記本」曾作「肉即」。
【五】「不能」，「筆記本」曾作「那得」，又改作「豈能」，復改為今句。
【六】此句，「筆記本」曾作「願君明此理」。

天堂山雜詠（六首）

山位於粵北坪石，中大幹校設立於此【一】。

雲崖陡峭茫茫路，瘦骨嶙峋渺渺身。此別無家歸夢斷，況云多罪躦行頻【二】。未能絕粟投荒隱，且自攜鑱托命親。幸對雪山頭共白，歲寒猶得採松筠。

繭足荒山雪鬢飄，強拋文史老蘇樵【三】。霧行亂石疑蹲虎，陰轉層林有叫梟。荊棘漫嗟長路壅，冰霜深鎖故鄉遙。誰憐疊嶂參天樹，伐作尋常炭木燒【四】！

親朋隔絕生計拙，幾日冒雨登層巒【五】。老病漸愁黃獨盡，坎坷安得坭塗乾【六】。山深虎嘯日將暮，江上鷗盟今已寒。我欲寄書失回雁，千峰飛雪天漫漫。

大同禹域夢方回，倦眼矇矓撥不開。逐客三更愁對雨【七】，空山一夜駭聞雷。豈無幽思如春草，縱有丹心付劫灰！門外水流流不絕，聲聲猶訴百年哀。

老去迎年不自聊，茅齋風雨坐飄飄。愁憐飛幕春巢燕，悚聽寒林夜出鵩。雪掩層岩當路石，煙籠獨木過溪橋。崎嶇未似人間險【八】，準擬荒山老牧樵。

山房二月多寒峭【九】，松映簷花深掩扉。大地行雷龍起蟄，荒天帶雨鶴安歸。一聲霄漢心空壯，他日園林願竟違。最是橫斜數竿竹，蕭蕭拂拭綠苔衣！

註：

【一】「手稿本」無此序。「自選修正初稿本」有此序，但無「立」字。「油印本」僅有「中山大學幹校設此」一句。

【二】「況云多罪」，「草稿本」曾作「況聞多病」，後易「聞」為「云」；「病」為「罪」。

【三】「強」，「手稿本」作「盡」。

【四】「冰霜」以下三句，「手稿本」作「鵷鸞猶愴故枝凋。艱難且採寒桐去，他日還期奏武韶！」

【五】「登」，「油印本」作「攀」。

【六】「坎坷」，「草稿本」曾作「坎壈」。

【七】「逐客」，「手稿本」作「病客」。

【八】「未似」，「草稿本」曾作「莫道」。
【九】「山房」，「草稿本」曾作「空山」。

又三首

羈客偏多病【一】，山房獨夜天。春寒花未發，松靜鶴應眠。世變人何似，文衰道豈遷？自看殘骨相，只合佩蘭荃！

春半雪仍積，門前月自新。空山嚴譴地，白髮帶愁人。他臉怒還笑【二】，吾身敵又親。寸心能幾折，鬱鬱向誰陳！

山繞平平地，溪環小小莊。門前池鴨戲，橋畔樹鶯藏。引水澆瓜菜，因時種雜糧。羈棲千里客，能不一思鄉？

註：
【一】「羈客」，「草稿本」曾作「逐客」。
【二】「怒」，「記錄本」作「奴」，疑為筆誤。「笑」，「草稿本」曾作「喜」。

紫溪

即紫溪洞，在天堂山上【一】。

我有窮愁無處說，夜闌獨對高山月。山月高高照紫溪，溪水洗愁山欲裂【二】。山欲裂，愁愈結。溪寒湍急夜鴞鳴，月冷風淒山木折。崖危壁峭待誰臨，罪深人善無家別。無家戴罪夜漫漫【三】，挽水洗愁愁不絕。一怒抽刀斬斷渠，溪水頓時凝作雪。漫天覆地白茫茫，鯨吞滌我中腸熱。雪盡愁銷物我空，復返太虛同解脫。太虛一氣本渾然，惟有月輪光皎潔。光皎潔，桑田滄海何須閱！

註：

【一】「手稿本」無此序。

【二】「洗愁」，「草稿本」曾作「長流」。「洗」，「手稿本」原作「送」，又改作「滾」。

【三】「手稿本」無「溪寒」至「漫漫」五句。

大雪封山千人下山破雪糴米【一】

淩晨同糴米，破雪下山麓。千峰鋪白銀，萬樹失青綠。層岩雪壅蔽，滑溜行莫速。步步慎為營，急躁戒催促。

千人排隊列，銀鋤光奪目。雙手冷如冰，鼓氣壯饑腹。鋤落雪分崩，鏗然碎瓊玉。大者扔諸溪，小者散溝瀆。或化作清流，宛轉入幽谷。或與塵坭合【二】，永永成污濁。同是潔白身，隨遇異歸宿。

豈獨雪唯然，人物原同局。或出貴人家，或長蓬門屋。出生寧自擇，長大殊榮辱。貴者人爭附，如蛾趨火燭。賤者人共棄，四顧無親屬。天地本無私，人情有阿曲。侯門仁義存，甕牖何褻瀆！貴者未必賢，賤人豈麻木。賢愚且莫論，娘胎定禍福。

遐想入非非，當心鋤傷足。猛然吃一驚，恍被蜂針觸。回睇路已成，蜿蜒似蛇腹。從此客旅行，庶免窮途哭【三】。一場功德香，我心自舒服。忽覺腹雷鳴，腸似轉輻轂。欣然負米歸【四】，共濟饑腸爆【五】。陽光照滿山，璀璨映松竹。但聽眾歌聲，響動雲中鵠。

註：

【一】「下山破雪」，「草稿本」作「破雪下山」。

【二】「塵坭」，「草稿本」作「坭塵」。

【三】「庶」，「草稿本」曾作「可」。

【四】「歸」，「草稿本」曾作「去」。

【五】「共濟」，「草稿本」曾作「庶免」。「濟」，「油印本」作「免」。

英德雜感（五首）

一九六九年初，中大幹校遷此【一】。

註：

【一】「手稿本」無此序。此序，「油印本」作「時中山大學幹校遷此」。

回首風塵黷一痕，人歌人哭自乾坤。陽春不入凡夫耳，劫火難銷逐客魂。
欲蔽貪螳寧顧雀，爭殘腐鼠竟猜鵷！江湖白髮今何有【二】，滿眼飄蓬辭故根！

正當陵谷變遷時，有客飄零獨畏譏。萬派浮沉照肝膽，百年興廢負鬚眉。
解牛且喜能游刃，織錦仍愁不斷絲。太息楊園今冷落，更從何處覓新詩。

雪爪微痕憶舊鴻，年華都付駭濤中。花飄細雨猶驚夢，水漾餘波未止風。
青鳥不來春寂寂，佳人何去月溶溶。臨流莫覽如霜鬢，懶覓丹砂訪葛洪。

二月郊原初霽雨，依然風露月荒涼。撥殘爐火灰難死，瘞盡梅花土尚香。
豈不懷歸天默默，更從誰訴夜茫茫。帝閽深鎖群獒吠，孰為靈均續九章。

瘦骨珊珊強自持，慣於寒峭過春時。營巢新燕愁飛幕，墜溷飄花別故枝。南史千秋寧絕筆，子明一死未忘皮。悠悠功罪從何說，悵望雲天有所思。

註：

【一】「今」，「油印本」作「終」。

採茶

晨起招呼處處嘩，圍裙竹筥採新茶。春回老圃香添蝶，葉長柔枝嫩對芽。輕手摘來聲爽脆，陽光照到色鮮華【一】。他時品茗知誰在，博得英皇一語誇。

註：

【一】「到」，「草稿本」曾作「耀」。

牧牛（六首）

逐客晨何事？牽牛過野亭。人知憐觳觫，誰解惜伶俜？負軛肩應重，揮鞭手屢停。松根休礪角，老節願常青。

飽食饒芳草，馴良莫使蠻。極憐宵喘月【一】，惟望世豐餐【二】。筋力君猶勁【三】，神思我已殫。心弦無限曲【四】，相對莫能彈【五】。

對爾情難訴【六】，叱牽命實同。休存文繡念，且盡力田功。蹄跡荒原闊，秋聲木葉紅。執鞭惆悵立，人老暮煙中。

牽將何處去，風雨路迢迢。地滑蹄宜穩，霜多鬢自飄。恨難逢丙吉，寧許避唐堯。悟得低鳴意【七】，仰天魂欲銷！

日落宜休憩，牽歸趁晚霞。浴溪粗喘鼻【八】，齧草細磨牙。風露三更冷，欄房四面遮。願毋罹惡疾，屠坦刃將加。

憐君騂且角，日夜困蚊虻。箕尾清遺矢，河頭滌汗漿。容光晨煥發，草色野微茫。更鼓渾身勁，何牛不服箱？

註：

【一】「憐」，「草稿本」曾作「知」。

【二】「豐」，「草稿本」曾作「加」。

【三】「勁」，「草稿本」曾作「健」。

【四】「心」，「草稿本」曾作「朱」。

【五】「相對」，「草稿本」曾作「對爾」。

【六】「訴」，「草稿本」曾作「說」。

【七】此句，「手稿本」作「似悟低鳴意」。

【八】「粗」，「草稿本」曾作「頻」。

牧羊（四首）

牧羊真不易，世路太多歧！野曠牢誰補，秋深草已衰。濕毛愁冷雨【一】，枵腹苦寒饑【二】。慎勿饞芬馥【三】，豺狼蒙爾皮！

荏弱隨人擺，哀君亦自哀。四蹄羸見骨，雙鬢白垂腮。終羨子卿節，難逢卜式才【四】。願無釁鐘者，牽爾代牛來【五】。

啼叫聲聲慢，天寒遍地霜【六】。市奸謀爾首，世路比君腸。牴角終何益？聯群進有方。鷦鷯棲滿樹，千萬莫摧傷【七】！

失母誰憐爾，孤羔弱不堪。哺偏遭角牴【八】，饑只滴涎饞。本是同群類，何因異苦甘？夜牢加固未？恐有虎狼眈！

註：

【一】此句，「手稿本」及「草稿本」均作「高山愁險阻」。

【二】此句，「草稿本」曾作「日暮虎寒饑」。

【三】「勿」，「草稿本」曾作「莫」。

【四】「逢」，「手稿本」曾作「如」。

【五】「代」，「手稿本」作「易」。
【六】「遍」，「草稿本」曾作「滿」。
【七】「摧」，「手稿本」作「攀」。
【八】此句，「手稿本」原作「哺猶逢角牴」，旁有小字改作「弱偏遭角牴」，「記錄本」又改「弱」為「哺」。

看鴨

劫火銷磨又幾年？老看群鴨碧雲天！嗟余潦倒滄桑後，感爾優遊澗壑前。
點點綠頭鳴得意，蕭蕭黃葉落無邊。聞君距蹼知春早，他日春歸何處先？

仙橋（六首）

文革改稱紅橋。

獨立仙橋上，凝神望赤霞。春風飄白髮，流水送殘花。
羊聲山罅雨，鷗影竹叢煙。綠水通何處，落花紅滿船。
老樹盤欹岸，清流漾小山。客憐農舍靜，牛羨鴨群閒。
小犬恬然臥，公雞自在啼。兒曹不識趣【一】，驅逐過籬西。

欲曙仙橋立，車駕隱輕雷。晞發久相待【二】，陽阿鎖未開。
洗衣橋下女【三】，牽犢路邊童。都似曾相識，迷茫語未通。

註：

【一】「兒曹」，「草稿本」曾作「小兒」

【二】「欲曙」以下三句，各本均作「三叉橋畔路，車過似輕雷。渺渺迷煙霧」（「渺渺」，「草稿本」曾作「長路」），此從「自選修正初稿本」。

【三】「洗」，「草稿本」作「浣」。

寄內

一九七〇年初，余被困於中大校園東北區，謂之監護【一】。

註：

【一】此序，「手稿本」原作「時余被拘於中大東北區」，旁有小字改為今序。「記錄本」錄今序則奪「被」字。

月慘慘，草萋萋。我困園東汝住西。東西咫尺成千里，懷人不寐待鳴雞。
雞鳴欲喚誰家夢？人少睡眠天尚懵。長夜漫漫奈若何？獨抱離騷暗低諷。
我有離憂爾可知？爾愁深處我先思【二】：胡能卒歲無衣褐，怕撥寒灰感斷炊。

覆巢豈有能完卵？勞燕風欺雨打時！

爾憂只及吾家事，我念蒼生愁未已。天涯今盡墮紅羊，劫火紛飛人欲死。更愁文字盡飄零【二】，接踵坑焚蹈前史【三】！

漢興天下未遑文，咸陽火後無綱紀。何來一介叔孫通，教習朝儀托尊主。山呼萬歲更起舞，指示新頒忙報喜。臉諛心狡有誰知，競黨同門樹私己。呂后竊國懷鬼胎，重臣屢戮蒙冤恥。尾大不掉勢漸成，內患侵尋亂滋起。蔓衍張湯煽餘虐，三尺逢人定腹誹。有人色異微啟脣，赭衣入獄連妻子。回頭一讀大同篇，大道之行寧若此【四】！

嗚呼塵世自悠悠，病眼矇矓我白頭。與子偕行歸去也，明朝牽犢飲清流！

註：

【一】前兩「爾」字，「草稿本」均作「汝」。（下均同此）

【二】「盡」，「草稿本」作「久」，又曾作「多」。

【三】此句，「草稿本」作「滿眼秦灰付流水」。

【四】此段，「草稿本」作「漢王猶怒溺儒冠，魯有兩生空抱器。可憐一介叔孫通，（『介』，又曾作『個』。）但識朝儀媚天子。人情世務漠無關，（『漠無關』，又曾作『果何諳』。）日黨同門為封己。後有張湯煽餘虐，（『後有』，又曾作『況復』。）三尺逢人定腹誹。回頭一讀大同篇，大道之行寧若此！」

思歸（八首）

鷓鴣聲咽意如何，我正懷歸畏網羅。昔日大江浮石馬，今時荊棘沒銅駝。樓臺密雨燈花慘，草木斜風怪影多。悵望殘雲前路險，孤舟猶得慎風波！

歸歟贏得老陽狂，太息龍紋溢寶光！孰使童兒唾廉藺？竟教姻婭擅韋楊！浮雲白日長安遠，破笠羸牛練水荒。翹首鳥聲淒絕處【一】，飄搖應是捋茶忙。

日日思歸苦自知，綠肥紅瘦坐成癡。愁心劫裡無多熱【二】，病眼花前更盼誰？萬里風塵天默默，百年桑梓雨絲絲。殘生若問今何計，咽李哇鵝未稍疑。

漫抛才力答承平，覆雨翻雲劇可驚。懷璧漸知吾獲罪，叩閽能向孰陳情？監遷世別殷多士，出處行慚魯兩生。歸去應須訪猿鶴，故山倘有水流清？

暮年戴罪念歸途【三】，筆陣曾思敵萬夫！道術竟為天下裂，文章誰識素心孤？寧無嗣響傳昭氏，縱有微言畏衛巫！安得閭閻歌擊壤，力耕原不惜殘軀。

歸楊歸墨訟人間，未肯依違我獨頑。一介老殘餘骨氣，六時風雨黯江山。朱弦已為佳人絕，青史仍愁曲筆刪。叔世定知無樂土，故鄉畢竟極思還。

休道洪爐百煉功，盡抛文史付雞蟲。人歸昨夢初醒後，心在蒼生萬劫中。尚想大同留倦眼，更誰千古證孤衷。歸來故舊如相惜，容我誅茅傍老松？

漫天風雨別文壇，劫裡才思感漸殫【四】。道術萬流誰妒異？詩書餘火莫稽殘【五】！寒儒豈齒千鍾粟，逐客終傷九畹蘭【六】！他日天心如未死，清芬容我播春暄？

註：

【一】「翹首」，「手稿本」曾作「回首」。

【二】「裡」，「草稿本」曾作「後」。

【三】「念」，「手稿本」作「愴」。

【四】「裡」，「草稿本」曾作「後」。

【五】「火」，「草稿本」曾作「燼」。

【六】「傷」，「草稿本」曾作「思」。

歸鄉【一】（八首）

舊夢微痕若惘然，孤舟歸路水如煙。未須同谷收殘骨【二】，倘遇洪崖拍道肩？事有難言天遠大，憂真無底海深潛！得歸且莫論枯菀，一別鄉關二十年。

殘軀七尺待天埋，事業文章宿願乖【三】。一路歸魂悲楚賦，萬方說怪托齊諧。爭榮蟻穴誰酣夢，嚼腐鴟雛苦受猜！莫向蒼茫問興廢，滿江波浪接昏霾。

回首行藏百事差，悔教年少競才華。豈知遲暮歸蓬蓽，恰似飄風吹落花！戴罪向人遮破帽，多情容我戀殘霞？群鷗未負當年約，猶逐江波直到家。

萬劫人歸古石樓，殘霞猶照老松楸【四】。生憎白眼回輕癉【五】，忍對黃爐憶舊遊。練水滿江難洗恨，蓬門一扇且關愁。平生功罪休相問，我乏苞苴賂魏收。

剛腸五十年難斷，白髮三千丈獨歸。孤憤未緣鄉俗減，素心終與世情違【六】。忍看貪鷲猶爭食，寄語饑烏莫亂飛。回首可憐遊釣地，雲帆竹岸野風微。

風景依稀爛夕陽，去時那信暮耕桑！樹猶常綠生南國，心縱全灰愛故鄉。玄鶴有情憐我瘦，老牛無力為誰忙？群兒不解愁人恨，笑指雲天眾鳥翔。

坦蕩何曾慮說難，當時赤悃見毫端。窮途未肯忘南北，言路那堪問隘寬【七】。三繞月枝烏鵲倦，相呼原草鶺鴒寒。鍾期不遇秦青死，五十塵弦忍獨看！

腐儒端合老蓬蒿，抱甕攜鑱莫憚勞。但願襟懷常磊落，寧隨貓狗逐腥臊【八】。嶺頭終古雲多幻，天際清秋月自高。卻笑鬚眉如雪白，有人勸我飾時髦。

註：

【一】「油印本」有序曰：「原籍番禺石樓公社。」
【二】「須」，「草稿本」曾作「勞」。
【三】「宿」，「油印本」作「夙」。
【四】「霞」，「草稿本」作「陽」。
【五】「草稿本」，「生憎」曾作「未須」；「瘴」，作「盼」。
【六】「終」，「油印本」作「真」。
【七】「隘」，「草稿本」曾作「狹」。
【八】「貓」，「草稿本」作「雞」。

悼念仲敏叔兼呈其哲嗣厚乾兄【一】

太息乾坤大，相知有幾人。文章憎勢眼，道術誤儒身。
敏叔懷清節【二】，鄉庠守道真。素心何坦蕩，傲骨耐清貧。世味深嘗苦，
詩風始見新。才華矜出處，坎壈慎違循【三】。貰酒聊歡謔，狂歌異隱淪。叔旋
東莞去，我亦穗城行【四】。
別恨魚兼雁，羈愁暮又晨【五】。烽煙殘歲月，肝膽各風塵。
禹域同車軌，儒林重席珍。初聞言路廣，誰煽劫灰頻？遂使匡時論，翻成

召禍因！狂飆秋有殺，惡浪夜無垠【六】。老病身何寄【七】？精誠世孰陳【八】！生涯成大蹇，時會況危屯【九】。守道心雖白【一〇】，埋才氣莫申【一一】！

嗟余今獲罪，歸棹孰為鄰？抱樸成癡鈍【一二】，關愁謝客賓。傾心唯哲嗣，論道倍情親【一三】。百事承供給，微言慰苦辛。形骸忘爾汝，嫂侄接殷勤。跡撫黃爐痛，名同腐草堙【一四】。聯拳沙鷺宿，側目野鷹瞋。更恐逢魑魅，誰還惜鳳麟？仰天潛一哭，珍重莫沾巾【一五】！

註：

【一】「手稿本」無「仲」字。「記錄本」題後有「五言排律二十六韻」八字，此題「草稿本」作「悼念亦叔兼呈其哲嗣」。

【二】「敏叔」，「草稿本」作「亦叔」。

【三】「違循」，「手稿本」作「淄磷」。

【四】「叔旋」二句，「手稿本」作「旋參東莞席，我亦海珠濱。」（「亦」字又曾改作「赴」。）

【五】「又」，「草稿本」曾作「及」。

【六】「惡」，「草稿本」作「高」。

【七】「老病」，「草稿本」曾作「飄泊」。

【八】「世孰陳」，「手稿本」曾作「孰可陳」；「草稿本」曾作「世可陳」。

【九】「況危屯」，「手稿本」作「歎邅屯」。

【一〇】「守道」，「手稿本」曾作「抱道」。此句，「草稿本」曾作「忍此而終古」。

【一一】「氣」，「草稿本」曾作「竟」。

【一二】「抱樸」，「手稿本」曾作「守樸」。此句，「草稿本」曾作「抱樸如癡鈍」；後又改「抱」作「守」。

【一三】「論道」，「手稿本」作「論故」。

【一四】「記錄本」此句有註：「仲敏叔於逝世前已經平反。」「手稿本」無此註。

【一五】「珍重」，「草稿本」作「相對」。

西江月・題乃桐叔繪〈川山大道圖〉

【猷按】此詩各本均未收，乃用毛筆書於稿紙中，詩末自署「璞盧一九七四年十一月十二日」。

又按：「樸盧」乃「質樸」之義，其「自選集」題簽亦書「樸盧」，〈自序〉中更引老子「樸散則為器」之說，「璞盧」當為早期之稱，後易「璞」為「樸」，並以「樸盧」為正名。

山際彩虹貫日，江間素練連雲。車船送寶競紛紛，遠近笛輪聲震。往昔哀猿暴蟒，今時嘉木良田。誰開大道豔陽天，多少工農實踐。

鄉居【一】（五首）

著書人異茂陵時，抱病鄉園起暮思：月悄霜筠歸鶴未【二】？寒侵水檻待春遲。獨愁齎志鳴孤憤，靜欲焚香誦佹詩。如此江山如此夜，休回白首看星移！

萬戶酣眠誰復醒？更堪文苑盡凋零！迎寒老鶴雙垂翅，照夜天雞一點星。縱有靈根存碩果，似無花信繼金鈴。凄凄欲賦憐芳句，卻恐潛龍側角聽。

老去生涯不受憐，虛堂獨夜看雲煙【三】。疏星自照寒簷靜，流水疑催大地眠。冬峭但愁雙鬢短【四】，春思不見嶺梅先！明朝荷鍤能何事？三度橋南露滿肩！

野徑柴門久未開，燈殘霜重映莓苔。故山喬木今何在？流水行雲去不回。他日康平真一夢，暮年詩賦有餘哀。長鑱合伴寒生老，誰為明夷訪草萊！

竹笠蓑衣破曉天，霜風迎面立茫然。浮魚唼喋寒塘雨，宿鳥驚枝古道煙。寶鴨有閒仍戲水，老牛無力莫加鞭！乾坤曠代涵容廣【五】，誰謂乾坤總不偏【六】？

註：

【一】此題，「草稿本」作「鄉居漫題」。

【二】「鶴」，「草稿本」作「鳳」。

【三】「看」，「草稿本」曾作「接」。

【四】「但」，「草稿本」曾作「自」。

【五】「曠代」，「草稿本」曾作「萬古」。

【六】「乾坤」，「草稿本」曾作「天心」。

割牛草

割牛草，割牛草。割草喂牛牛亦老。老牛耕田吃草分所該，老人割草辛苦憑誰訴！

早起挑筐何所之？浮雲飄蕩野風吹。山之麓，水之湄；逾廣澗，越長基。天荒草短難尋覓，尋得草來心更悲。犯霜露，斬荊枝【一】；防蜂蠆，戒蟥蜞。頭昏手鈍草不斷，艱難割得兩筐歸。歸來過秤幾斤重，工值不足餐糊糜【二】！

老牛飽，老人饑！

老牛飽時氣力足，老人饑時損筋肉。筋肉雖損庸何傷？但願牛肥歲豐熟！

老牛且休息，老人疲乏力。老牛強健免烹屠【三】，老人衰病胡終極！

嗚呼，莽莽乾坤一腐儒，平生負盡胸中書！努力崎嶇向前路，千萬莫使羸牛軀【四】！

註：

【一】「斬」，「草稿本」曾作「避」。

【二】「不足」，「草稿本」曾作「僅足」。

【三】「免烹屠」，「草稿本」曾作「力田功」。

【四】「軀」，「記錄本」作「驅」，疑為筆誤。

拾豬屎

昔嫌豬屎髒，今愛豬屎美；今見豬屎趨，昔逢豬屎避。可知環境變【一】，感情亦迥異。

朝攜拾屎筐，街頭行巷尾。耐心放眼尋，見屎心輒喜。前頭一大抔【二】，方鉤入筐裡。忽聞一小童，喝聲清且脆：「此屎我先見，老傖敢爭取【三】！」我惟避之吉，低頭無意緒。行行復行行，又見豬撐髀【四】。知是將拉屎，屏息恭立俟。何期一婦人，叉腰怒相指【五】：「此屎我豬屙，你休得妄舉！」我真失所望，又向前方去。遠見三大堆，排列如「品」字。急急走向前，心內歡無比。門前一老翁，捋著白鬍子【六】：「此近我屎缸，是我範圍地。何敢妄相侵？胡太沒規矩！」我但悄無言，獨立長歎氣：斜陽照古道，冷風吹廣宇。誰知人間世，拾屎也不易！！！人皆笑我癡，讀書為何事【七】。

註：

【一】「知」，「筆記本」曾作「見」。

【二】「抔」，「筆記本」曾作「篤」

【三】「傖」，「筆記本」曾作「坑」。

【四】「撐」，「筆記本」曾作「張」。

【五】此句，「筆記本」曾作「惡聲向我詈」。

【六】此句，「筆記本」曾作「指著我相詆」。

【七】「手稿本」無「人皆」二句。

食豬肉

人愛食豬肉，肉味美且鮮。豬懼人屠宰，哀號聲可憐。我思不食肉，憫豬無罪愆。無肉令人瘦，不食怎延年？

君子遠庖廚，食之心安然。哀聲不入耳，真相殊未遷！

六畜人所食，載在聖賢篇。良心本天理，天理聖人言。養生義第一，殺彼何傷焉？食肉合天理，請君釋疑團。疑團我未釋，頗欲學神仙。神仙不可學，人類要綿延。撫腹長歎息：「此事古難全！」

惟豬太蠢蠢，無力抗強權。倘豬變猛虎，食人萬萬千。虎為飽饑腸，虎為求生存。以此衡天理，天理圓不圓？謂虎合天理，立說毋乃偏？人善虎性惡，此論何因緣？回首問聖人，聖人無真詮。

且食大塊肉，悵惘對青天。青天默無語，群動正交煎。悠悠天地寬，滄海變桑田。人類智慧高，智燈願長燃。

鄉居雜感（八首）

寂寂荒園短短籬，霜前猶護歲寒枝。夢回老子投閒地，心似孤僧入定時。大澤龍潛餘氣象，清淵魚躍自漣漪。此情更待誰相會【一】，願托雙林受莂詞【二】！

歸休不歎馬玄黃，索寞蝸廬老故鄉。肯乞春墦驕眷屬？欲藏靈嶽愧文章【三】！三年恨別印須友，千古論交幾斷腸！夢短愁長天海闊【四】，只應披露對簞簹【五】！得喪由來付泰然，孤誠終化玉為煙。歌吟我慕詩三百，俯伏誰呼歲九千？可有東林匡世論？未應南史失家傳！千秋功罪憑誰定？苦煞靈均細問天！

依稀彈指去來今，妄刻舟痕劍可尋！萬類廢興寒士節，百年淳薄腐儒心！芳華擷盡誰憐梗，倦翮鳴孤亦戀林。嗟我懷人人漸老，淡煙喬木野星沉！

橋北橋南行客稀，山煙山雨接霏微。江天漠漠雙帆遠，雲樹濛濛獨鳥飛。故里廿年歸有恨，滄洲一夢醒全非。更堪花木愁經眼，老盡蒼皮四十圍！【六】

未隱山陽採蕨薇，卻尋苜蓿踏殘暉【七】。村童吹笛跨牛喜，野樹留花待鳥歸【八】。萬物有情吾獨老，長鑱托命自相依。年來莫道多衰病，倦眼猶能望四圍。

楝花秋後金鈴滿，荷葉霜前翠蓋殘。止水汙池仍啄鶩，臨風寶幹未棲鸞。劇憐老眼觀千態，觸忤愁心感百端。回首行藏無一是，空山何處擷芳蘭！

獨夜虛堂鶴未回，霜前松竹自相偎。寒流似訴煙仍鎖，荒月無聲雲漸開。抱節願同金石固，論才終覺古今哀【九】！暮年詩賦成淒絕，怕撿焦桐撥死灰！

註：

【一】「待」，「油印本」作「有」。

【二】「草稿本」，「托」曾作「向」；「受」曾作「記」。此詩又別題為「鄉居夢覺」。
【三】「靈嶽」，「草稿本」曾作「華嶽」。
【四】「天海」，「油印本」作「珠海」。
【五】此首又別題為「鄉居寂寞有懷盧子光耀」。
【六】此首又別題為「橋頭煙雨」。
【七】「殘」，「手稿本」作「寒」；「油印本」作「斜」。「苜蓿」，「草稿本」曾作「芋粟」。
【八】「野」，「草稿本」曾作「老」。
【九】「終覺」，「油印本」作「真覺」，疑為誤刻。

春潮【一】

乍泛春潮沒岸沙【二】，嫩紅淺綠映流霞。低枝亞水軟無力【三】，老樹牽藤頑著花。莫使戲鳧銜聚梗，須防饑雀啄新芽【四】。群兒笑我如弓背【五】，卻負晴暄直到家【六】。

註：

【一】此詩又見於另紙所書詩組〈詠木吟花四首〉（參見第八集〈歲寒三友詠懷〉），而詩題則作「護新芽」，並有小序曰：「一九七八年初，時余居原籍番禺石樓，此詩寫成後不久即回康樂園。」
【二】「乍泛」，於〈詠木吟花四首〉中作「乍漲」。

【三】「軟」，「手稿本」作「懶」。

【四】「須」，「手稿本」作「空」。

【五】在〈詠木吟花四首〉中，「群兒笑我」作「群童嘲我」。「如弓背」，「手稿本」作「成施戚」。又作「痀僂甚」。

【六】在〈詠木吟花四首〉中「卻負」作「笑負」，「到家」作「返家」。

三度橋

橋頭日落榕枝槁，岸上風微菜葉青。幾處樹鴉喧暮色，一聲雲鵠渺蒼溟。閒尋芳草成孤寂，窮貰醇醪畏獨醒。莫道鄉園生計拙，醉看鵝鴨浴文翎。

登狗趾岡【一】

東疇耕罷能何事【二】？狗趾岡頭望晚晴。老樹迎人頑獻綠，空山知我故萌青【三】。漫無邊際天何遠【四】，大有崎嶇路不平。莫倚春風怨遲暮，獅江如吼壯潮聲【五】。

註：

【一】「草稿本」原無「登」字。

【二】「疇」，「手稿本」作「阡」。

【三】「萌」，「手稿本」作「留」。

【四】「天何遠」，「手稿本」作「天難盡」。

【五】此句，「手稿本」作「夕陽枝外亂鶯聲！」（「鶯」，「草稿本」曾作「鴉」。）

西江月・李嘲桃

顧我一身清白，任渠百態嬌紅。株株皎潔映晴空，直傲瑤臺仙種。

恥向公門競豔，何妨野嶺棲蹤？自成蹊徑倚春風，吹破漁郎昨夢！

西江月・練江

古岸低枝流水，青山落日漁船。一聲塔外鵠衝天，花映白雲片片。

空憶壯遊擊楫，誰知老去耕田【一】。練江澄澈尚依然，莫照霜鬢墨面。

註：

【一】「空憶」兩句，「草稿本」曾作「少慕中流擊楫，老耕沙圃雲煙。」

題家五叔繪〈三峽朝陽圖〉

【猷按】此詩題於該畫左上方，原詩無題目，本題目乃余妄擬。詩末落款曰：「家五叔為繪圖，題此致意。乙卯春日，璞廬。」此畫為余所藏，此詩各本均未收。「璞」當為早期之名，詳本集〈山川大道圖〉。

哀猿不見啼千樹，健翮旋驚上九霄。好趁朝陽過三峽，滿船春色去迢迢。

自題畫像

時年六十有一，歲次丙辰。

半似離憂半似瞋，平生心跡向誰陳？願茲骨氣常剛勁，如此顏容又丙辰！鶴影園林歸有伴，雞聲風雨聽猶真。是非未易論今昨，回首行藏一愴神！

懷舊

疏星喬木隔雲坭，嗟我懷人月又低。恨不相逢齊鮑叔，寧無一語晉祁奚！江村已見春花發【一】，蔀屋仍隨素翮棲。他日故交如問訊，阮途南北未曾迷！

註：

【一】「已見」，「手稿本」作「屢感」。

感舊【一】（二首　回文）

丙辰秋，初步落實政策，退職處理。廣州小住，回鄉與內對酌話舊。

猗猗竹外野航歸，淡淡雲中山鳥飛。池水秋高仍漲綠，月江澄澈自生輝。
詩聲一動驚神鬼，瘦影雙憐話蕨薇。卮酒強添愁靜寂【二】，籬香對飲晚霜微。

寒雲野鶴老歸林，落月啼烏聽夜深。殘翅雙垂唯瘦影，冷枝孤繞幾淒音。
肝腸痛定方回夢【三】，志節矜憐獨罷吟。蘭蕙擷來還惘惘，寬貪一醉且沉沉！

註：

【一】此題，「草稿本」作「丙辰秋廣州小住，歸里與內對酌感舊。兩首」。（「對酌」後曾有「賞菊」二字。）

【二】「愁」，各本均作「人」，此從「草稿本」。

【三】「腸」，「草稿本」自註：「回讀時作『脾』。」

退職抒懷【一】（三首）

家抱禺山練水，人期舜日堯天【二】。少愛中流擊楫【三】，老歸沙浦耕田【四】。六十一年行跡，五百餘首詩篇。其中幾許歌哭【五】，真意能向誰傳【六】！

家抱禺山練水，人期舜日堯天。雨霽雲開八極，霄清月印千川。不改澄明通澈【七】，何妨骨相癯然！悟透人間色相，維摩榻上高眠【八】。

家抱禺山練水，人期舜日堯天。豈必棲禪記莂【九】？應須拋盡蹄筌。管他真如俗諦【一〇】，培我綠嫩紅鮮【一一】。俯仰皆饒生趣，歌吟自樂餘年【一二】！

註：

【一】此題，「草稿本」作「抒懷」，並有自註曰「時落實退職」。題後各本均無「三首」二字，據其例補。

【二】「期」，「草稿本」作「懷」。又曾作「逢」。（下均同此。）

【三】「少愛」句，「草稿本」作「少慕中流激壯」，「中流」曾作「仙遊」，自註曰「余族祖陳大有公，於明嘉靖間為福建仙遊縣令，同戚繼光抗倭有功。見《明史》及《仙遊縣誌》」。

【四】此句，「手稿本」曾作「老耕沙浦雲煙。」「草稿本」原註：「『沙浦鋤雲』為石樓八景之一。」

【五】「幾許」，「草稿本」曾作「多少」。

【六】「手稿本」於此句後原有「苦心贏得堅貞」一句，後刪去，而「草稿本」則於此句後再接「真意能向誰傳，苦心贏得堅貞。」

【七】「明」，「草稿本」作「瑩」。

【八】「悟透」，草稿本曾作「認得」；又「悟透」兩句，「草稿本」曾作「恍入香林信步，疑結金粟因緣。」

【九】「草稿本」，「必」作「便」；「記」曾作「寄」。

【一〇】「應須」，「草稿本」作「無愁」；「草稿本」又作「且（曾作『漫』）攜兔管花箋」。「管他」，「手稿本」曾作「不管」；「草稿本」又作「更待（曾作『到處』）風華物茂」。

【一一】「培我」，「草稿本」作「更番」。

【一二】「自」，「草稿本」曾作「且」。

拜踩吟

欲向萬人踩【一】，先向一人拜。上下交相踩，上下交相拜。踩踩拜拜路亨通，直上天衢權勢大【二】。頂頭還恨有上司，所拜當然也要踩。誰人不畏紅爺爺【三】，沙煲兄弟來依賴。打砸抄搶百般精，揮霍萬金如土芥。少夫老婦浪親偎【四】，革命需要休驚怪！豔說蓮花似六郎，兔狡狐淫成沆瀣【五】。侯門自古仁義存，管他本相魚蝦蟹！一呼百諾意洋洋，老九黑七都囚械。叛徒特務滿街衢，所捉何止地反壞【六】？誰人親友是僑胞，究底查根懲不貸【七】。互拉山頭啟殺機【八】，無辜血染三千界。詩書燒盡文園冷，不見滋蘭見蕭艾【九】。只要榮華不要親，親密戰友終出賣【一〇】。天理良心值幾文？民族興亡安足介！

嗚呼，牛鬼蛇神日日多，怨聲驚破夢南柯。千古緊釘恥辱柱，拜踩之技今如何【一一】？

註：

【一】「向」，「筆記本」作「將」。

【二】「天衢」，「筆記本」作「青雲」。

【三】「誰人不畏」，「筆記本」曾作「人皆尊我」。

【四】「親」，「手稿本」曾作「相」。

【五】此句「手稿本」作「學有師承源一派」。

【六】「所」，「筆記本」作「要」。

【七】「查根」，「筆記本」曾作「盤根」，又改作「追根」。

【八】「互拉山頭」，「筆記本」曾作「武衛文攻」。

【九】「見蕭艾」，「筆記本」曾作「唯見艾」，又改作「見蕪艾」。

【一〇】「終」，「筆記本」曾作「仍」。

【一一】「今」，「筆記本」曾作「終」。

群芳詠（三十首）

寓意之作，次序莫亂也。

【猷按】此詩組，「記錄本」選十五首，即桃花、李花、蓮花、葵花、霜橘、脫衣換錦、桂花、菊花、楝花、杜鵑花、薔薇、曇花、梅花、木棉花、稻花，並另撰小序云「十五首成一篇，不可斷章而讀。合而歌之，其義乃全。」此詩組於各詩題前序號據「草稿本」附頁所載，然「梅花、木棉花、稻花」三首則原未編號，今據其次序補之。又，「草稿本」作「十二首」，並有註曰「一九七五年作。」次序與今本異，即「桃花、李花、霜橘、脫衣換錦、秋海棠、梨花、芭蕉、茉莉、芍藥、蟹爪蘭、薑花、梅花」。而於附頁則增至三十首，且次序與今本相同。

一、桃花

彷佛仙源若可望，春風江月正微茫【一】。無端幾個爭巢鳥【二】，驚破漁郎昨夢香！

註：

【一】此句，「草稿本」初作「江風嫋嫋月茫茫」。於附頁初改作「春風江月正茫茫」，再易「茫茫」為「微茫」。

【二】此句，「草稿本」原作「無端一個尋巢鳥」，後改「一」為「幾」；「尋」為「爭」。

二、李花

恥向公門鬥豔紅，惟將潔白挹東風【一】。年年我自增春色，那管時裝淡與濃！

註：

【一】「將」，「草稿本」曾改作「憑」，附頁則復改為「將」。

三、蓮花

人間能得幾濂溪【一】？獨愛池蓮重品題。不染一塵香自遠【二】，此花原是出淤泥【三】。

註：

【一】「人」，「草稿本」附頁曾作「世」。

【二】「自遠」，「草稿本」附頁作「遠逸」。

【三】「是」，「草稿本」附頁曾作「自」。

四、葵花

雲亂風橫雨更淫，暉光無計煦幽林。葵花不改生來性，負盡天天向日心！

五、霜橘

洞庭霜葉盡垂金，好把秋心作爾心【一】。誓不輕遷防變枳，千帆那肯別江陰【二】！

註：

【一】「爾」，「草稿本」作「汝」，附頁則改作「爾」。

【二】「別」，「草稿本」作「過」，附頁則改為「別」。

六、秋海棠

沉酣久睡斂嬌姿【一】，似怯秋風不合時。留得靚裝緣有待【二】，不求富貴只求癡。

註：

【一】「斂」，「手稿本」曾作「別」。

【二】「緣」，「草稿本」曾作「宜」，附頁則改為「緣」。

七、脫衣換錦

盆石栽培不憚勞，水仙品格羨同高。如何一旦繁枝葉，便脫青衣換錦袍？

八、蟹爪蘭

與霸王花嫁接之蘭【一】。

自辭幽谷倍傷情【二】，獨倚春風黯恨生【三】。嫁得霸王為命婦，豈知兒女盡橫行！

註：

【一】「草稿本」無「之蘭」二字，附頁則改作今句。

【二】「辭」，「草稿本」曾作「離」，附頁則改作「辭」。
【三】「黯」，「草稿本」作「暗」。

九、牡丹

富貴生成莫自譽，天香還待葉相扶。何因色相佳如許，卻被旁人號鼠姑？

十、桂花

可笑吳剛不自量，廣寒宮內桂枝戕。徒勞巨斧宵宵弄，猶是繁花歲歲香。

十一、杏花

日夜春心不自持【一】，一枝牆外盼多時。如何邂逅癡情種，博得輕佻一首詩？

註：
【一】「持」，「草稿本」附頁曾作「恃」。

十二、菊花

菊英不解湘纍渴，淚灑西風到只今。最惜生來性恬淡【一】，教人錯認愛黃金【二】！

註：

【一】「性恬淡」，「草稿本」附頁曾作「淡名利」。

【二】「愛」，「草稿本」附頁曾作「是」。

十三、芭蕉【一】

夜雨蕭蕭月又昏，荒齋無賴悄詩魂。君心可耐層層剝？安得橫渠與細論！

註：

【一】此詩於「草稿本」附頁中有目無詩，該目列於〈杜鵑花〉之後。

十四、楝花

楝花花信最堪思，花結金鈴子滿枝。久待文鸞鸞不至，子隨荒月墮江湄！

十五、杜鵑花

泣血何年染此花，花花如火咒殘霞【一】。旁人不解芳心苦，攀插銀瓶鬥麗華！

註：

【一】「火」，「手稿本」作「錦」。

十六、薔薇

春來無客不偷香，莫怪薔薇生刺芒。月下煙雲迷惘處，誰人輕薄越東牆！

十七、芍藥

寒水煙籠夜未厭，碧紗帳外月纖纖。歸禽莫浪輕相喚【一】，一睡佳人夢正甜！

註：

【一】「輕」，「草稿本」改作「喧」，附頁則復改作「輕」。

十八、梨花

素心長抱度殘春，竟日風吹葉尚新。雨打枝頭疑是淚【一】，無端苦煞路邊人【二】！

註：

【一】「打」，「草稿本」作「灑」。後復作「打」。

【二】「無端苦煞」，「草稿本」作「可憐愁煞」，附頁則改作「無端愁煞」。

十九、薑花【一】

面有風沙鬢有霜，老乘微雨賞新芳。誰嫌本性多辛辣？辛辣原能發異香。

註：

【一】此詩「草稿本」作「勤種薑花不自疑（『不自』，曾作『且莫』），清香縷縷耐人思（『清香縷縷』，曾作『花開花謝』）。莫嫌本性原辛辣（『莫嫌』，曾作『顧名』；此句又曾作『請君慎勿嫌辛辣』），辛辣如今也及時（『也及』，曾作『正入』）。」「草稿本」附頁則改作

「面有風沙鬢有絲（『絲』，後改作『霜』），老來微雨賞新枝（『枝』，後改作『芳』）。人間辛辣知多少（『知』曾改作『思』；此句後又改作『莫嫌本性多辛辣』），記得薑花怒放時（此句初改作『卻訝薑花放異香』，後又改作『辛辣猶能放異香』）。」

二十、白嬋

白嬋潔白不沾塵【一】，待得薰風送暮春。不與姚黃爭富貴，清芬留以贈佳人。

註：

【一】「沾」，「草稿本」附頁曾作「染」。

二一、茶花

茶花寥落不須多，明月清風奈爾何？試汲山泉滌腸熱，滿懷詩思到煙蘿【一】！

註：

【一】原註：「茶花稀則茶葉茂。」

二二、水橫枝

水橫枝種小瓷盆，逸致真堪結古歡！莫染黃裳贈高士【一】，故園風雨憶如磐！

註：

【一】「高士」，「草稿本」附頁作「佳士」。

二三、金銀花

不貪夜識金銀氣（杜甫句）【一】，為採雙花對葉新。久厭紛拏吾病喝，玉壺芳潔了無塵。

註：

【一】「杜」字前，「草稿本」附頁有「用」字。

二四、茉莉

架上牆頭已著花，胡床石磴品清茶。翻開一卷維摩詰，疑入香林趁月華。

二五、蘆花【一】

蘆花秋色滿秋江，皎皎秋心未肯降【二】。最是洲前好風月，一篙花影入船窗。

註：

【一】「草稿本」附頁作「蘆荻花」。

【二】「未肯降」，「草稿本」附頁曾作「老不降」；又曾作「白似霜」。

二六、老來嬌

老來曾不分蕭條，此老非嬌氣概驕【一】。笑煞群芳爭獻媚，惟渠質樸古風饒。

註：

【一】「概」，「草稿本」附頁曾作「自」。

二七、曇花

彎彎殘月影低沉，待得曇開夜已深。莫道奇香不耐賞【一】，一彈指頃去來今（蘇軾句）【二】。

註：

【一】「香」，「草稿本」附頁曾作「花」。

【二】「記錄本」無「蘇軾句」一語。「草稿本」附頁有此語，然於「蘇」前有「用」字。

二八、梅花

誰憐孤瘦珊珊骨【一】，卻犯冰霜故故開。我自多情詩亦冷，遙吟應得寄寒梅！

註：

【一】「珊珊」，「草稿本」改作「錚錚」。

二九、木棉花【一】

世間多少英雄氣，那比天南萬樹花【二】？一怒豪光紅遍野，熊熊神火壓魔邪【三】！

註：

【一】此題，「草稿本」附頁曾作「紅棉花」。

【二】「比」，「草稿本」附頁曾作「似」。

【三】「一怒」兩句，「草稿本」附頁曾作「一怒火光燒四野，盡將豪氣壓妖邪！」

三十、稻花【一】

黃雲無際稻花風，香遍人間樂歲豐。記得田頭好光景，萬家燈火滅螟蟲【二】。

註：

【一】此詩於「草稿本」附頁編於〈曇花〉之後。

【二】「滅」，「草稿本」附頁作「捕」。

為人

為人性僻耽佳句，曠世才華付濁流。我擲彩毫仰天嘯，狂風驅雨打神州【一】！

註：

【一】「打」，「手稿本」曾作「灑」。

次韻代小女幗嫦奉答朱甜老師贈別見寄，兼呈曾浦生老師【一】（二首）

匆匆惜別暮春時，回首行藏不自期。祖國所需無去住，親朋難捨有遲疑。八方歌舞留鴻爪，七載耕耘念褐衣。話別盤餐辛苦處，農家光範永心歸。

自識荊州眼最青，每於談笑勵堅貞。未酬二老辭芳館，遽趁三春赴穗城。慚感肺肝縈昨夢，言頒金石見高情。赬魴可奈非神鯉，恐負叮嚀薄杳溟！

附：朱甜老師原句

珠海雲山會有時，幾回翹首卜歸期。人當喜報翻如夢，事到難成得尚疑。一座釵鈿催寶馬，七年風雨換蓑衣。簷前雙燕叮嚀語，莫戀新巢不再歸。

市橋柳比壩橋青，欲把離愁綰女貞。掌上明珠還合浦，櫝中完璞返仙城。千斤輕卸肩頭擔，七載親逾骨肉情。跳過龍門三級浪，好騎赤鯉入滄溟。

註：

【一】此詩各本均未載，據憲猷詩稿所附唱和補。原題無「二首」二字，據其例補。

第五集　重光集

（一九七七—一九八六【一】）

【猷按】觀本集有「丙寅（一九八六年）」之作，而第六集則謂「一九八七年退休以後」，且以〈退休書事〉開卷，並接以〈丁卯迎玉兔〉，則知各本謂「一九八五年」乃筆誤，以致以訛傳訛。逕改。

註：

【一】「手稿本」謂「一九七八年以後」。「記錄本」作「一九七七年—一九八五年」。

吾心

時余已返中山大學復職【二】。

世情經冷暖，品格別廉貪。人面有多少？吾心無二三！

註：

【一】此詩，「油印本」編於〈感舊贈韋老先生甦齋〉之後，且無此小序。

感舊贈韋老先生甦齋【一】

十年風雨淒涼別【二】，故苑重逢各白頭！敗翮春歸餘血淚【三】，落紅枝老負林丘。多公著述心猶壯，愧我衰殘志莫酬【四】。相對無言惟苦笑，珠江如訴自東流！

註：

【一】此題，「草稿本」作「感舊贈韋老甦齋先生」。「筆記本」作「感舊贈韋懿老兄」。「油印本」有小序「時余已回中山大學復職」。

【二】「十年」，「筆記本」作「廿年」。

【三】「血淚」，「草稿本」作「淚血」。

【四】「衰殘」，「筆記本」曾作「因循」。

悼郭威白同志【一】

那堪風雨話端陽，負石沉冤劇可傷！豈謂孤誠歸祖國【二】，竟教多恨墮寒塘【三】！三年共事公剛甚【四】，萬劫餘生我念長。肅立靈堂無一語【五】，千夫同指「四人幫」！

註：

【一】「同志」，「草稿本」作「老師」。原註：「中山大學開會追悼浩劫中蒙冤而死者十八人。郭同志為歷史系教授，以其妻在臺灣當立法委員，遂被誣為特務分子。於一九六八年端陽懷石投塘而死。」

【二】「祖國」，「筆記本」曾作「故國」。

【三】「竟教」，「筆記本」曾作「誰知」。「墮」，「記錄本」作「墜」。

【四】「事」，「草稿本」作「患」，又曾作「難」。此句，「筆記本」曾作「三年共難公何獲」。

【五】「肅」，「草稿本」作「悄」。

悼林啟森同志【一】

林同志為歷史系資料員，精通英語及東南亞歷史，於浩劫中堅持學習，譯述有關東南亞學術專著多種，被誣為反革命，憂鬱而死。

十年風雨我歸來【二】，多難聞君事可哀。涕淚相逢賢眷屬，肺肝摧折老癡呆【三】，劇憐齎志遺編譯，誰肯捫心話德才？今日蓋棺成美論【四】，愁顏應為九原開【五】！

註：

【一】「同志」，「草稿本」曾作「先生」。
【二】「我」，「草稿本」作「始」。
【三】「肺肝摧折」，「草稿本」作「喜悲交集」。
【四】「美論」，「草稿本」曾作「定論」。
【五】「為」，「筆記本」曾作「向」。

蝶戀花・一九七九年國慶日言志【一】

三十年來晴復雨，冬去春回，抵得流光住【二】。莫道焦桐餘幾許，朱弦重譜更新句【三】。　挺立樓頭天乍曙，流水高山，多少衷情訴【四】？唱出心聲諧廣宇，鈞天大慶鵷鸞舞！

註：

【一】「草稿本」無「言志」二字。此題，「筆記本」作「一九七九年國慶」。
【二】「抵」，「草稿本」作「擋」。
【三】此句，「草稿本」作「朱弦重理賡新句」。
【四】「流水高山」兩句，「筆記本」曾作「抖擻精神，對高山流水。」

一九七九年國慶日感懷【一】（五言排律三十八韻）

大惡觀今古，誰如此妖狐？賊心思璽綬【二】，勢眼注苞苴。欲步唐天后，還師漢呂姁。居然傳假命，竟爾納奸徒【三】。幫派兇成四，權謀術弄虛。鬥爭唆逞武【四】，構陷托批儒。史籍隨心竄，文林信口誅。忠良蒙戮辱，群眾任侵漁【五】！敵國通何急，長城忍毀諸？競奢揮國庫，監謗布幫奴。據籍空傷指【六】，剝床且及膚。國人憎跋扈，道路載瞋吁！

急難英雄出，臨危籌策抒。指揮真若定，誅戮止其渠【七】。拍手人稱快，昂頭氣頓舒。紅旗飄四海，喜報走寰區。虎變瞻文炳，龍飛仰德敷。堂堂華夏宇【八】，鼎鼎馬恩模！萬國馳歡賀，全民頌令譽【九】。相期恢大業，與眾策機樞【一〇】。城郭人文盛，賢愚智力輸。豈惟巢鷟鷟，行見起施篨。

老我愁衰病，棲心愧陋孤。荷鋤秋月悄，撫卷夜燈枯【一一】。閉戶容嘉遁【一二】？依人異索居。夢驚烏鵲繞，坐感鵂鶹呼。貰酒難成醉，行歌強自娛。忽逢雷雨作，始覺物情蘇。更聽陽溝鶴，重生涸轍魚。講堂操舊業，破涕理殘書【一三】！

桃李芳應在【一四】，蓮荷潔不汙【一五】。中華逢大慶【一六】，多士仰宏圖。勵志千秋重【一七】，儲材四化須。文園培寶樹，學海探明珠。追彼攀登步，忘吾殘病軀。一堂新舊協，百感去來殊【一八】！孰謂桑榆晚？應教櫪馬驅。滄桑回白首，萬劫有今吾！

註：

【一】此詩各本皆作「國慶日感懷」，而在另一稿紙中，則以鋼筆書此詩題為「勞動節感懷」，並有序曰：「一九七九年國際勞動節，中山大學工會壁報編輯部索詩於余。余自復職回校，始逢嘉節，不禁浮想聯翩，遂成三十八韻以獻。久廢歌吟，氣粗言俚（『久廢』兩句曾作『久不吟詠，手生荊棘』），聊表心聲而已（『而已』，曾作『爾』）」。「油印本」無「一九七九年」及「五言排律」九字。於「草稿本」第四集亦收有此詩，詩題則作「有感奮筆題此」。

【猷按】此詩本為勞動節壁報而作。後國慶日，省政協舉辦詩書畫展覽，索稿於先父，乃以正楷書寫此詩一小幀送展，且易其題為「國慶日感懷」。其所書墨蹟今仍掛於余客廳中。後寫於「手稿本」時乃增「一九七九年」五字，仍用「抒感」二字。「抒感」，「手稿本」作「有感」。

【二】「璽綬」，「草稿本」第四集作「鼎璽」。

【三】「納」，「草稿本」第四集作「聚」。

【四】「唆」，「草稿本」第四集作「挑」。

【五】「任」，「草稿本」第四集作「浪」。

【六】「攄」，「手稿本」曾作「攬」。「指」，「油印本」作「手」。

【七】「戮」，「草稿本」作「伐」。

【八】「宇」，「手稿本」作「業」。

【九】「萬國」兩句，「草稿本」第四集作「萬國紛馳賀，全民競上書。」

【一〇】「相期」二句，「手稿本」原作「推心宜共戴，繼志定無渝。」

【一一】「撫」，「草稿本」第四集作「開」。

【一二】「容」，「草稿本」第四集作「能」。

【一三】「涕」，在另一稿紙中曾作「架」。「破涕」句，「草稿本」第四集作「文苑理荒墟」。

【一四】「應在」，「草稿本」第四集作「仍發」。

【一五】「不」，「草稿本」第四集作「豈」。

【一六】此句，在另一稿紙中曾作「勞工逢令節」。

【一七】「重」，在另一稿紙中曾作「賴」。

【一八】「草稿本」第四集無「中華」以下至此十句，而以「遴才須實學，致治協宏圖。」接之。

題十七年前舊侶集體照像

十七年前侶，披圖認死生。膽肝猶照耀，志節憶堅貞【一】。風雨悲前夜，桑榆慰晚晴。且收孤憤淚，攜手再長征。

註：

【一】「憶」，「手稿本」曾作「益」。

恭迓鑒真和尚法像歸國探親【一】

中日情親憶大唐，鑒真歸迓法輪香。莊嚴示範神如在，道術尋源國有光【二】。六渡風波傳教律，萬家春色仗靈方。即今莫道蓬萊遠，笑指山長誼更長。

註：

【一】此詩唯見於「筆記本」。

【二】「道術」，曾作「文化」，又曾作「文藝」「文學」。

遊鼎湖慶雲寺【一】

【猷按】此詩與〈鼎湖榮睿禪師碑亭懷古〉〈鼎湖飛水潭〉〈硯洲〉〈星湖雜詠〉，在「筆記本」中組成詩組〈旅遊詩束〉。

鼎湖蘭若足清幽，最愛卿雲花木稠【二】。萬壑蔥蘢山復疊，環溪澄澈鳥啁啾。塵無半點心何礙，劫有餘灰跡尚留。安得闡提人度盡，滿林香積共遨遊！

註：

【一】此題，「筆記本」作「慶雲寺」。
【二】「卿雲」，「油印本」作「慶雲」。

鼎湖榮睿禪師碑亭懷古【一】

風浪翻騰夢可尋？碑亭猶覺發雷音！千聲尚訴弘揚願，百折難撓濟渡心。
飛鳥依依鳴絕壑，遊人簇簇仰禪林。即今中日情何似？瀛海西江一樣深！

註：
【一】此題，「筆記本」作「榮睿碑亭」，排於「飛水潭」後。

鼎湖飛水潭（孫中山游泳處）【一】

白頭能得幾相逢【二】？況結同儔訪勝蹤！賈勇莫辭探曲徑，抱殘偏要上高峰。危崖萬象心無著，巨瀑千條匯有宗。笑指逸仙曾泳處，好將飛水滌塵容！

註：
【一】「孫中山」後，「草稿本」有「先生」二字。此題，「筆記本」作「飛水潭」。

【三】「能」，「筆記本」曾作「難」。

硯洲（包拯投硯處）

晨光燦燦水漣漣，逐隊飛輪接後先【一】。指點硯洲投硯處【二】，人間難得是青天！

註：

【一】「晨光」兩句，「草稿本」作「光輝白日水漣漣，逐隊輪帆接後先。」

【二】「指點」，「筆記本」曾作「競渡」。

星湖雜詠【一】（五首）

七堆山秀擁平湖【二】，湖畔頻聞笑語呼【三】。為問東西南北客【四】，誰人不愛繪新圖？

葉帥詩兼郭老詩，李紳詞繼李邕詞。古今盡說星湖美【五】，今日星湖勝古時【六】。

長橋直透水中央，亭畔清風冉冉香。橋上衣光橋下影，笑聲花氣滿荷塘。

銀燈閃閃水漣漣，小艇同遊洞裡天。怪石化成千萬象【七】，人工何及本天然【八】！

山間高閣名天柱，拾級登臨眼界新。遙望端州雲鎖處【九】，當年聞道有清臣。

註：

【一】「油印本」無「雜詠」二字。

【二】「擁」，「記錄本」作「護」，疑為筆誤。

【三】「頻」，「筆記本」曾作「常」。

【四】「為問」，「筆記本」曾作「橋上」。

【五】「美」，「草稿本」曾作「好」。

【六】「古」，「草稿本」曾作「舊」。

【七】「化」，「草稿本」曾作「幻」。

【八】此句，「手稿本」作「是人工抑是天然」。「油印本」作「更誰說是佛因緣」。「草稿本」曾作「誰知都是佛因緣」。

【九】「遙望」，「筆記本」作「指點」。

次韻甦齋韋懿公去國吟【一】（二首）

韋公批准赴美定居。

每恨論文識面遲，廿年風雨最相思。才聞嘉遁歸來賦【二】，又折銷魂楊柳枝【三】！海角多情宜會友，虛懷何物不堪師？同舟仙侶雙雙影，信有琴書日夕隨。

不堪回首話蕭牆，空羨華胥覓夢鄉。我已衰殘餘骨氣，世猶紈綺飫膏粱。曾經劫火能何事，卻念蒼生待濟航。見說河清今有望【四】，送公情思海難量！

註：

【一】「公」，「筆記本」作「兄」。

【二】「嘉遁」，「筆記本」曾作「故苑」。

【三】「銷魂」，「筆記本」曾作「長亭」。

【四】「今」，「筆記本」曾作「如」。

登白雲山

時方公審國賊，人心大快【一】。

浩劫何因歷十年，白雲山上望雲煙。松濤洶湧聲猶怒，泉水彎環恨未湔。此地有人謀國柄，花莊深處鬧胡天【二】。即今禍首歸刑典，思緒寧無感萬千【三】！

註：

【一】「時方」，「油印本」作「時值」。

【二】「花莊」，「草稿本」曾作「花陰」。

【三】「寧」，「草稿本」作「能」。

辛酉春節前奉酬彭秋萍丈【一】

十年風雨同遭際，卻會東山始識荊。乍聽高談欽讜論，更吟佳句見真情。

春前老樹花仍發，劫後南天氣漸清。物候更新懷共朗【二】，祝公晚趣樂晴明。

註：

【一】「奉酬」，「筆記本」作「奉呈」。「丈」，「筆記本」作「老同志」。「萍」，各本均作「平」，此從「油印本」。

【二】「懷」，「油印本」作「人」。

惠州雜詠【一】（二首）

註：

【一】此詩組於詩題前原無序號，所以增之者，清眉目而已。

一、百花洲

陳炯明之亂【一】，曾設司令部於此。

將軍跋扈竟如何【二】，獨立洲前感慨多。湖色耀光還耀彩【三】，水聲如咒復如歌。百花兵後仍爭豔【四】，萬劫人間付逝波。更望紅棉高十丈，漫天紅透壯山河。

註：

【一】「之亂」，「筆記本」作「背叛孫中山」。

【二】「將軍」，「草稿本」作「冥頑」。

【三】「耀光」，「草稿本」曾作「秋光」。

【四】「兵後」，「筆記本」曾作「劫後」。

二、登惠州玉塔【一】

玉塔登臨一望遙，西湖風物盡多嬌。憑誰擘裂五泓水，裝點橫跨六度橋？

鵝嶺已無烽火急，花洲仍有眾香飄【二】。廢興欲問當年事，故老今應未寂寥。

註：

【一】「手稿本」無「惠州」二字。

【二】「仍有」，「油印本」作「唯有」。

謁朝雲墓【一】（五首）

蘇公鯁直貶蠻荒，行李蕭然劇可傷。獨有朝雲情義重【二】，萬般艱險願同當【三】。

志趣何曾在酒詩，西湖風月柳絲絲。能令小妾長相慕，正是盈胸不合時。

月印湖時湖水清，妾身雖賤性通靈。金剛一卷心無著，誰解裙釵禮佛情？

豺狼當道自兇蠻【四】，曠達何曾畏逐儋。獨惜知心人已逝，更誰熨貼及酸鹹！

心香一瓣謁芳墳，雨霽天晴萬象新。愧我劫餘身老病，低徊能不倍傷神！

註：

【一】「記錄本」於「朝雲」前有「王」字。

【二】「獨有」，「筆記本」曾作「誰解」。
【三】「艱險」，「草稿本」作「艱苦」。
【四】「兇蠻」，「草稿本」作「橫蠻」；「手稿本」曾作「兇橫」。

過羅浮清虛觀【一】

羅浮何處訪仙蹤，洞府莊嚴翠色重。倘有靈方傳肘後，應無頑石不心通【二】。三清論道雖玄遠，萬古求真豈異同【三】。卻訝神奸謀竊國【四】，暗招豺虎踞深宮【五】。

註：
【一】此題後，「筆記本」有「懷葛洪」三字。（「懷」字又曾改作「憶」）
【二】「應」，「筆記本」曾作「自」。
【三】「豈異同」，「筆記本」曾作「有異同」，又曾改作「本大同」。
【四】「訝」，「筆記本」曾作「怪」，又曾作「笑」。
【五】原註：「國賊林彪曾踞此招降納叛。」

贈別諸生

一九八一年秋，中山大學哲學系研究生畢業，賦此勉之【一】。

三年論難憶黌宮，青勝於藍自古同。言志每聞豪壯語，採山已就琢磨功。一肩重任途仍遠，萬派長流學有宗。好是天清人步健，生今此去道應東。

註：

【一】「油印本」無「秋」字；「秋」字，「筆記本」曾作「六月」。「研究生」前，「草稿本」有「七八屆」三字。「勉之」，「油印本」作「以勉」，「筆記本」作「以贈」。

贈石峻、蕭箑父二教授【一】

一九八一年秋，石峻、蕭箑父二教授分自河北、湖南蒞校主持哲學系中國哲學史專業研究生答辯會。余忝參末席，賦此以贈【二】。

文章久仰大名隆，燕樹荊雲粵嶺重【三】。卻喜辨材憑慧眼，竟隨論學啟私衷。更瞻豐彩真時彥，自愧衰殘渺陋躬。惜別匆匆應一醉，知音難得是相逢。

註：

【一】詩題，「草稿本」作「贈石、蕭二教授」。

【二】「秋」，「筆記本」曾作「夏」。「二教授」，「草稿本」作「兩教授」。「蒞校主持」，「記

【三】

錄本」作「來主持」。「草稿本」無「分自河北、湖南」數字，而「研究生」前有「畢業」二字；於「答辯會」前有「論文」二字。

「草稿本」有自註曰：「石教授來自北京人民大學，蕭教授來自湖北武漢大學。」

附：蕭教授和韻

劫後人熙世運隆，神交何問嶺千重。三年抱甕忘機括，九畹滋蘭托素衷。蠶室凝情傳信史，薑齋圓夢鞠微躬。相期濠上無言處，湘水嶷山幾日逢【一】？

註：

【一】「筆記本」原按語曰：「謂約會於明年在湖南召開的船山學術討論會。」

好事近

黄閏科、劉耀燊二老師於一九八一年冬過訪中山大學舍下，暢敘舊情【一】。二老師皆原中山大學教授【二】，現已退休，精神猶清健也【三】。

劫後訪桃花，人盡劉郎前度。試問誰為主客，都被詩書誤！　相看潘鬢沈郎腰【四】，感慨勾談趣。話到風風雨雨，何忍遽歸去。

註：

【一】「二老師」，「筆記本」作「二老」。「舊情」後，「草稿本」有「黃老師並示〈好事近〉一闋，詞情感慨，依韻奉和」數字。「筆記本」無「暢敘」以下數字，而替之以「黃老並賜〈好事近〉一闋，依韻奉和」。

【二】「二老師」，「油印本」作「二老」。

【三】「清健也」，「草稿本」曾作「極剛健也」，又曾改作「幸剛健也」。

【四】「相看」，「筆記本」曾作「自慚」。

臨江仙・題李五湖老師詩詞集【一】

用晏幾道題譜。

獨捧華章低誦，頓翻思緒如潮。春歸殘雪未全消。愛憎情與恨，歌哭雅兼謠。　吟盡炎風冷雨，迎來月夕花朝【二】。浮沉學海任飄搖。無窮心底事，都向此中描【三】。

註：

【一】此題，「筆記本」作「題五湖先生詩詞集」。

【二】各本均缺「吟盡」兩句，此據「草稿本」補。

【三】「都」，各本均作「盡」，此據「草稿本」。

過秦樓・題韋甦齋《燼餘集》【一】

此集寄自美國。

一卷新詞，三春青鳥，喜報故人消息。流年逝水，客夢重洋，引起幾多離索。回想舊日情懷，坑愴儒生，詩傷巷伯。記劉郎再度，麥荒葵敗，月寒人寂。　欣此際，麗日方回，絳桃重植，留待後人收摘。蘇生印綬，翟尉門羅，幾翻青白【二】。長歎人生幾何，陳亮粗豪，維摩多疾，賴韋編數誦【三】，銷此胸中鬱積！

註：

【一】此題，「筆記本」作「題《燼餘詞草》」。

【二】「幾」，「筆記本」曾作「尚」。

【三】原註：「韋編，以相關謂指此集。」此註，「筆記本」作「《燼餘詞草》乃韋懿先生詞集。韋編，以相關語指此。」

文成

不為入主不出奴，今古何人識讀書？笑我文成宜覆瓿，茫茫天地一寒儒！

偶感

老眼看塵世，孤誠想舊交。人情歸一哂，詩賦枉崇朝。意象寥天闊【一】，榮華糞土拋。春深高臥起，吾欲聽簫韶。

註：

【一】「詩賦」二句，「筆記本」作「道術感無聊。詩史平生樂。」

讀《嚶鳴集》【一】

論交孰有古人風【二】？一卷嚶鳴道義同。率性未妨元白俗，起衰應擬杜韓功。江門皎皎秋前月，粵嶺蒼蒼劫後松。得意盡參言象外，靈犀一點兩相通。

註：

【一】「草稿本」於此題後有自註曰：「此集為彭秋萍、林孝則、吳伯康三老詩歌合集。三老皆在江門市。」

【二】「論交」，各本均作「論文」，此從「草稿本」。

謝林孝則詞丈寄贈題字

壬戌中秋，林孝則詞丈為書「樸廬」橫額及中條書法一幅，遠自江門寄贈，題此致謝。

純綿裹鐵生花筆，寫出清剛格自高。想見中秋微醉後，心如明月笑揮毫。

次韻奉答朱鴻林君【一】

朱君，美國普林斯頓大學東亞研究所攻讀博士學位研究生。一九八一年間，曾攜其博士學位畢業論文，來中山大學哲學系與余切磋。翌年九月十三日畢業前夕，贈詩於余，因有是和，勉其歸國效力也【二】。

道義論交不計年，茫茫學海匯千川。鴻文昨睹心先許，大器今成理固然。共念邦家須棟柱，深求魚兔賴蹄筌。憑君歸把金針度，豈有超然看戾鳶！

附：朱君原唱【三】

故國丹楓憶去年，龍門曾拜老伊川。新知舊學誰傳與？霽日光風想尚然【四】！鳥倦次尋堪集木，魚勞將入可忘筌。何當歸踏白沙路，碧玉樓高看戾鳶。

註：

【一】「奉答」，「筆記本」作「奉和」。

【二】此序，「筆記本」多有異文，茲錄如下：「朱鴻林君，美普林斯頓大學東南亞系研究所博士學位研究生。去歲攜其畢業論文稿〈邱濬哲學研究〉來中山大學哲學系，與余討論。頃接來書，辱承慰問，並寄以詩，因次原韻和答。」

【三】「唱」，「油印本」作「作」。

【四】「想」，「筆記本」作「信」。

一九八三年春節，廣州迎賓館雅集【一】（四首）

今年喜見春回早，地北天南總是花。老去自慚非畫手，滿懷詩思付流霞。

九畹芳蘭屈子心，記曾澤畔獨行吟。於今不作離騷賦【二】，文苑天天雅頌音。

萬人拭目望中都，行路昂藏盡丈夫。老驥未須愁伏櫪，好隨伯樂騁長途。

成蹊桃李忝曾栽，好是年年次第開。嘉會相逢無別贈，獨攜春訊獻將來。

註：

【一】此題，「筆記本」作「一九八三年春節聯歡會」。

【二】「於今」，「油印本」作「即今」。「離騷」，「筆記本」曾作「江南」。

三誦《嚶鳴集》

誦到嚶鳴夢也清【一】，華章三卷起頑冥【二】。午晴睡醒風篁榻【三】，又唱周南振玉聲！

註：

【一】「誦到」，「筆記本」作「三誦」。

【二】「華章三卷」，「筆記本」作「章章句句」。

【三】「醒」，「手稿本」曾作「起」。「風篁」，「筆記本」曾作「風蟬」。

讀梁伯彥老師《旅遊吟草》

屐痕笠影最關情，況誦琅琅振玉聲！自笑維摩多病體【一】，香林惟有夢中行。

註：

【一】「病體」，「手稿本」作「病客」。

題謝健弘老師《鄉情集》

劫後人蘇世道明，涵廬吟詠重鄉情【一】。和顏已感三春暖，妙句能教四座傾。梅嶺月華輝素抱【二】，松坡風韻叶新聲【三】。屐痕往日行千里【四】，拭目還期嗣響賡。

註：

【一】原註：「涵廬，老師所居名。」

【二】原註：「梅嶺，老師原籍廣東梅縣。」（「手稿本」無「廣東」二字。）

【三】原註：「松坡，涵廬所居地，在康樂園東北區。」

【四】原註：「屐痕，老師《屐痕集》將編成。」

為中山大學六十週年校慶撰聯

六秩慶祝週年，永記扶助農工【一】，大地今朝充浩氣！

萬眾高歌康樂【二】，迭報育成桃李【三】，天涯何處不芬芳！

註：

【一】「永記」，「筆記本」曾作「謹記」。

【二】「高歌」，「筆記本」曾作「齊歌」。

【三】「迭報」，「筆記本」曾作「屢見」。

七十自撰聯【一】

既憤獨夫肆虐，繼抗外敵侵淩，難得頓換新天，紅旗風展，舉國歡騰；卻被妄責臭汙，作了草芥庸人；七十歲史史經經，一事無成吾老矣！咄咄，吾老矣！

幼患雙睛障翳，長歷八年失學，何堪更罹浩劫，黑冊名登，翻身望絕；今又尊崇文德，封個芝麻教授；三千界晴晴雨雨，萬般多變胡為乎？嘻嘻，胡為乎？

註：

【一】此聯各本均未收。二〇〇七年一月於母親遺物中所得。

挽曾浦生先生

先生乃番禺粵劇團顧問，精音律，為粵曲製曲名家。浩劫時，不以蓬累見嫌，屢過敝廬暢敘，患難知音，實不易得。先生之逝，殊堪痛也。

石樓一別十年經，忽捧哀篇百感生【一】：劇憶風雲丁世變，競披肝膽砭時情。不嫌陋室同猿檻，承譜商弦作雁聲。今日悼公聊慰藉，天南桃李迭爭榮！

註：

【一】「捧」，各本作「奉」，此據「筆記本」。

歡送蔡四桂同學回原籍湖南省黨校任教【一】並序

江淹云：「黯然銷魂者，惟別而已矣！」誠哉，惟別之黯然銷魂也！而蔡生此別，尤有甚焉者。

蔡生，「文革」後，我教研室第一屆攻讀碩士學位研究生。是居畢業同學僅三人，皆高材俊秀，品學兼優。方喜撥亂反正之時，繼往開來之會，得此茂材，公私兩慰。何期廖生之京，而黎生之滬，留於本室承擔教研工作者，僅蔡生一人而已。今乃蔡生一人而竟去，遂使冀北馬群，日取其尤而盡空；九畹滋蘭，徒殷勤於灌溉。種樹十年，辨材七載，春風雖好，良木難收。此足銷魂者一也。

蔡生勤於問學，敏於思維，為學敢破陳規，慎思每饒新意。反復論道，益覺尊師；揚棄務真，何曾為我【二】！經歷三年學習，二載研磨，師友之情，歡同魚水。蔡生極不願去，同志盡欲挽留，而去者竟去，留無可留，此足銷魂者二也。

然則去既不忍，留亦無能，兩願俱違者何也？良以蔡生至孝，性極忠誠，家有庭闈，室存妻子，仰事俯畜，既費力於屏營；育幼持家，更傷神於趨走。而我校限於條件，未能妥善安排，惟有調職原籍湖南省黨校，以期公私兼顧。雖曰公爾忘私，而烏鳥之情，其誰能泯？是則黨之佈置，固良有以。然以春風桃李，始發芳華；湘粵雲垠，未免隔閡。此亦足銷魂者三也。

至若蔡生考慮，湖南省黨校研究中國哲學史者甚少，獨學無友，礙難進步，此則無須耿耿。蓋生年青力壯，有志竟成，關鍵在於努力。苟能持之以恆，必獲豐功。況乎今方在黨領導下，四海一家，遐邇無間【三】，知識分子日受尊重，學習條件，亦漸改良。喬木幽谷，四方同感嚶鳴；芳草天涯，何處曾無知己？且正惟是處同調者稀，而待生之經營開發，傳播學術種子，天降大任非輕也。唯盼黽勉程途，砥礪志節，行見大器鑄成，同奔四化，篳路藍縷，展開學路。吾當拭目以俟也。蔡生勉乎哉。

時當一九八三年仲春，因述所懷，並賦一詩【四】，以志弗諼。曰：

蔡生此去意如何？桃李芳時別緒多！豈有長流逢坎止？莫辭重任歷硎磨！花城但願春常在，衡嶽還期雁數過【五】。為報年年好光景，椿萱蘭桂樂熙和。

註：

【一】「同學」，「手稿本」作「同志」。此據「自選修正初稿本」。

【二】「揚棄務真，何曾為我」，「手稿本」作「揚棄在真，何曾有我」。此據「自選修正初稿本」。

【三】「四海一家，遐邇無間」，「手稿本」作「眾志成城，遐邇一體」。此據「自選修正初稿本」。

【四】「賦」，「手稿本」作「奉」。此據「自選修正初稿本」。

【五】原有按語曰：「衡陽有回雁峰，相傳鴻雁至此不再南飛。吾意鴻雁愛群重義，必能感於我輩之誠，專為破例傳送好音也。」

尊師有感

每經書肆輒依依，卻撫空囊悵獨歸。論士已聞顏斶貴，尊師誰解廣文饑？驕陽欲出雲霞掩，百卉將開雨雪希【一】。回首風華唯一笑，老來心力兩相違！

註：

【一】「驕陽」兩句，「手稿本」作「雖欣日出光仍淡，可奈花殘綠始肥！」旁有小字，易「光」為「雲」，「淡」為「聚」，「綠」為「葉」。「記錄本」則初改此二句為「日剛出後雲偏掩，花要開時露苦希！」復再改為今句。

次韻林孝則詞丈謝贈彩照之作（三首）

因緣文字結蓬城，只慕高風未識荊。又捧華章開眼界【一】，何年促膝話平生？

性嗜群書書作城，奇書常似借湘荊。夢回喜得逋仙句，疑是蓬江麗日生【二】。

中華眾志久成城，愧我當年自削荊。回首行藏無一是【三】，還將兩最敬先生。

附：原作

繽紛雲彩降蓬城，時讀華章久仰荊。抱卷不曾辜兩最【四】，樸廬深處見先生！

註：

【一】「捧」，各本均作「奉」，此從「筆記本」。

【二】「疑是蓬江」，「筆記本」作「疑見澄江」。

【三】「無一是」，「筆記本」作「無是處」。

【四】「抱」，「手稿本」作「把」，此從「筆記本」。原註：「『兩最』，即令人最尊敬、最羨慕。」

贈郭朋教授

一九八四年冬，郭朋教授南遊，講論佛學於中山大學哲學系。聽後獲益不淺，因成四韻奉贈。

講筵不是梵天宮，郭老南遊道貌崇。破敵要先知彼義，警迷頓覺啟予衷！堅持馬列皆真諦，豈謂根塵盡妄空。勝似一篇神滅論，鏗鏘何減范生功。

悼張仲絳同志

卅年同志同甘苦，一念前塵一愴神【一】！直道至今誰勵我？芳鄰況是最相親！名留法界公何憾，心在青年愛尚新。劇憶「三胞」傳統戰，螢屏歷歷像如真【二】！

註：

【一】「愴」，「手稿本」曾作「惘」。

【二】原註：「張同志為中山大學法律學系教授，一貫精心指導法學研究生，又積極調查青少年犯罪問題，寫出有價值的論文多篇。」

答蕭篷父教授

蕭篷父教授南遊，乘便主持我系哲學史研究生碩士論文答辯會，有贈，次韻答之【一】。

老病難為四體勤，華章忽奉振金聲。重逢刮目三年別，更羨遊蹤萬里行。
試玉辨材憑識鑒，當筵把盞話真情。他年再會知何地？互祝康強百感生。

附：原作

八二級研究生畢業答辯之餘，詩以賀之。適有嶺南之行呈中山大學諸師友【二】。

彈指三秋琢玉勤，幾番風雨伴書聲。攀峰寧畏崎嶇路？入世休吟獨漉行！
海底鮫珠偏似淚，火中鳴鳳最關情。送君者自巒涯返，奔逸絕塵盼後生！

註：

【一】「筆記本」無「乘便」「我系」四字。

【二】此序末，「筆記本」有署「蕭箑父一九八五年五月三十日」數字。

馬采教授八秩晉二志慶【一】（乙丑年六月作）

【猷按】本詩原在〈又前七秩晉一自壽詩二首意有未盡，因再賦此〉之前，今據其詩作時間移於此。

百戰文場老伏波，寶刀猶似發硎磨。年來著譯皆精賞，天下生徒知幾何【二】？績重藝林真善美，風高士品愛謙和。奉觴預祝期頤樂，四化同參盛事多！

註：

【一】此題，「筆記本」作「馬采老師九秩開二志慶（一九八五年六月八日）」。原註：「馬教授精美學，吾師也。」（「手稿本」無「吾師也」三字）

【二】「知幾何」，各本均作「知己何」，疑為筆誤，此據「筆記本」。

滿江紅・歡度第一屆教師節【一】

振鐸神州宣盛節，觀風崇式。看九畹滋蘭如麝，眾香橫溢。惡雨化為甘露水，秋陽照徹清剛質。聽黌宮日夜誦弦歌，鏘金石。　思往劫，成陳跡；瞻前景，樂無極。集衣冠蹌躋，學韜文德。論士喜推顏闔貴，尊師敬佩昌黎識。願群儒，踵武播清芬，培嘉植！

註：

【一】此詩，各本皆在〈絕情〉之後，今據其寫作時間移於此。

滿庭芳・慶祝中共建黨六十四週年【一】

日出雲開，風吹霧散，幾番風雨還晴。紅旗飄蕩，終奏凱歌聲。六十四年黨史，經多少，地動天驚。長團結，神州十億，鬼蜮敢橫行！　花香文苑盛，滋蘭九畹，醴酒千瓶。士尊顏闔貴，激濁揚清。遙念臺澎碩彥，炎黃裔，一脈長情。文明燦，何時數典，共坐論修平。

註：

【一】此題，「筆記本」作「為建黨六十四週年而作（一九八五年）」。

愛情三弄【一】

一、定情

哥哥住大屋，哥哥飽粱肉。哥哥爹娘大富豪，又是獨生僑眷屬。

哥哥愛穿百花裝，烏黑頭髮長又長。迎頭好個虬髯客，跟尾疑是大姑娘。空調彩電享不盡，小車遊覽好風光。

哥哥不屑平凡務，日夜勤登關係戶。一朝暴利獲多金，勝妹十年工資數。

何況哥哥外匯多，妹心早決嫁哥哥。

二、移情

哥哥來，哥哥去，來來去去不知處。十回來時十回醉，醉醉昏昏多困累。

哥哥醉，哥哥累，醉來醉去無朝暮，形神都累情難訴。哥哥醉累久不歸，妹守空房顏易老。春濃獨看燕雙飛，春殘盼得花埋土。

哥哥昨夜偶歸來，唇染脂痕腮鼓鼓。妹細問哥何因緣，哥哥不語同坭塑。

三、絕情

頃接哥哥來書翰，頓感愛河掀巨浪。何止「家書抵萬金」，淚眼拭乾詳細看。雙眼漸紅心漸酸，哥說「提倡性解放」。「既得新歡拋舊愛，此是新人新理想。」

天旋地轉眼昏花，娃娃抱頸喚「媽媽！」哭聲淒厲風聲緊，聲聲頻喊「要爸爸！」回頭卻見白鴿群，雌雄永不亂成家。

註：

【一】此詩於「草稿本」第四集中題作「議婚」，而無二、三兩首，詩句亦與此多有不同。其句曰：「哥哥有大屋，哥哥飽粱肉。哥哥手錶發金光，夏威夷恤的確涼，騎著單車走四方。哥哥不屑為農務，日日市場窺市道。一朝暴利獲多金，勝過全年工資數。何況哥哥外匯多，妹心早決嫁哥哥！」【猷按】「草稿本」第四集所載，疑作於居鄉期間，本應編於第四集。後再有感觸，遂改寫並擴展而成今之詩組。

送佐藤貢悅君學成歸日本

佐藤貢悅君，日本筑坡大學攻讀博士學位研究生。以撰寫畢業論文，來中山大學哲學系從余研究《周易》。乙丑冬，學成歸國，賦此送之。

負笈跨洋見苦心，佐藤從我訪金針。文章欲究天人奧，情義難忘師友深。讀到韋編曾幾絕？得來大象費沉吟！學成送汝東歸去【一】，否泰應參證古今。

註：

【一】「汝」，「手稿本」曾作「子」。

乙丑除夕花城花市【一】

香滿花城花市鬧【二】，花燈燦爛買花來。曾記花朝逢暴拆，今添花品盡新栽【三】。花共人榮都似錦【四】，人如花潔不沾埃【五】。莫向花農論花價，千金難買心花開【六】。

註：

【一】此詩於詩組〈詠木吟花四首〉中，題作「遊花市」，有小序曰：「一九七八年以後，余居康樂園。某年除夕。」參見第八集〈歲寒三友詠懷〉。

【二】此句於〈遊花市〉中曾作「花城花市花街鬧」。

【三】「曾記」兩句，「手稿本」作「曾記落花兼落雨，今添新品盡新栽。」

【四】此句於〈遊花市〉中作「花似人妍都勝錦」。

【五】「如」，〈遊花市〉作「同」。

【六】「心花」，「手稿本」曾作「笑顏」。

自擬丙寅春聯

虎變慶新年，文炳德敷，澤及炎黃千萬代；
羊和歸大地，物華天寶，暖遍人民十億心！

贈一峰詩家【一】

陳一峰詩家惠贈大作《一峰詩詞集》【二】，喜而讀之，不忍釋手，深夜不寐，賦此致謝。

才仰蓬江誦烈詩【三】，琳琅又喜賦新詞。冰壺見底心同澈，氣象渾雄語亦奇。愧我蟲吟多俗響，感君鳳藻結深知【四】。篇中肝膽空中月，照朗襟懷睡獨遲。

註：

【一】此題，「手稿本」作「謝陳一峰丈惠賜詩詞集」。

【二】「詩家」，「手稿本」作「詞長」。

【三】「自選修正初稿本」原註曰：「頌烈詩，指一峰詩家（「手稿本」作「一峰丈」）前在《蓬江詩詞》發表歌頌江門抗日娘子軍之作。」

【四】「感君」，「手稿本」「記錄本」均作「感公」，此據「自選修正初稿本」。

附：一峰詞丈和韻

百里雲山一首詩，春風坐我竹枝詞。玉簫每恨尋仙失，錦瑟曾歡入夢奇。
馬帳論衡無俗念，龍門聲價有人知。何緣負笈從遊去？皓首窮經尚未遲！

再次原韻奉答

我本愚頑偶學詩，敢承嘉惠屢頒詞。濫竽逐隊慚充數，識字無多怕問奇。
九畹滋蘭雖灌溉，卅年禿筆幾親知！公題一語增聲價，執贄門庭卻恨遲。

丙寅暮春東方賓館花園修禊

丙寅三月三日，廣州東方賓館花園雅集，紀念蘭亭勝會也。

暮春三月集群賢，暖遍花園景物鮮。虎變正逢文炳歲，羊和況是惠風天。灰塵滌蕩渾無累，詩畫招邀亦有緣。回視蘭亭今勝昔，飛觴競創革新篇。

謝書法大家麥華三教授惠賜墨寶，詩以謝之

千秋誰補十三行？妙筆風神踵二王。墨寶一篇承惠贈，疑看珠玉煥奇光！

讀〈丙寅清明祭曾浦生老師聯句〉感賦

落花時節讀哀篇，觸忤愁懷又一年。鐵板銅琶餘慷慨，蜻蜓蛺蝶感推遷。春心晼晚憑誰駐，水面文章祗自憐。怕上青山擷紅豆，相思難忍淚如泉！

附：原作

恍如一夢又清明，惆悵紅棉早落英！江上峰巒徒望遠，人間聚散總關情。每從舊譜翻新調，難伴琵琶續舊盟！未見明珠還合浦，愧無佳句悼先生！（聯句者：蔡景生、勞力、朱甜、黃棠、何永沂。）

自撰聯

虛懷垂老眼；
得意讀書情！

懷愛國詩人屈翁山兼賀翁山詩社成立

劫火能燒屈子詩？沉雄浩氣滲心脾！九歌避地聲彌苦，六月披裘世豈知！
社稷憂深憐往哲，山河春永慰今時。西園喜發新花盛【一】，香趁和風陣陣吹。

註：

【一】此句，「手稿本」原作「南園喜發春花盛」。「記錄本」改為今句，且有自註云「翁山曾在廣州組織西園詩社」。

丙寅夏，番禺化龍雅集，敬吊愛國詩人屈翁山（四首）

為慕前修犯暑來，鄉情無限笑顏開。綿連九畹滋蘭秀，盡是翁山往日栽【二】。

回頭二百餘年事，歷歷中華幾劫灰。今日歸來吊屈子，康衢不唱菜人哀。
廣東新語合翻新，嶺表光華極可人。久立化龍發遐想，好風迎面振精神。
始覺學詩應學易，翁山風格太高奇。人情變化知多少，錄到成人永可師。

註：

【一】「盡是」，「手稿本」作「未負」。

悼曾昭進學長【一】

論交難得是精誠，痛憶前塵老淚傾。識面師門推長輩，遊心藝海羨高齡。
多公勉勵華章賜，導我編排拙集成。悵望古禪同一慟，蓬江穗市有哀聲！

註：

【一】原註：「曾學長，梅縣人，民盟離休幹部，與余先後師事謝健弘老師，故稱學長。然素未謀面，數年前始識荊於謝師家。為人熱情忠實，好學，愛詩歌，曾指導余編排油印拙集《樸廬吟草》，曾往返於廣州、江門、佛山間團結詩友，編輯《珠江詩薈》、《萌芽詩刊》等，以文會友，交流思想，德望甚隆也。一九八六年三月逝世於佛山寓所。」

新豐感舊（五首）

丙寅初秋，承龍景山、趙準生等同志之約【一】，到新豐縣與諸戰友歡聚。一別四十六年，撫今思昔，百感交集。因賦七律五首。

茫然四十餘年侶，戰地重逢喜復驚。松幹倖存難老節，菊英空具傲霜情。君摧頑敵成勳業，我懼釁門誤後生【二】。自顧行藏無一是，銜杯相對愧前盟！

尚記群英會馬頭【三】，志如磐石氣淩秋。皐皮有座抒真理，心跡無私憤國仇。幾曲戰歌人礪劍，一仙捐獻腋成裘【四】。辛勤育得紅千樹，喜見纍纍碩果收！

浴血諸君智勇全，幾番歌泣薄雲天。勳名有冊傳千載，浩劫何人禍十年！曲筆能銷英氣凜？白頭無改壯心堅【五】！新豐江水穿群峽，晝夜依然向大川！

風雨如磐悵落星，荊叢難得奠儀型。從容死節談何易？衛護同群劫屢經。古鎮光輝懸朗日，眾流委宛匯南溟。周君浩氣應長在【六】，試看參差萬木青！

劫後唏噓吊鄭君【七】，山城何處訪忠墳？不堪疊嶂成天險，竟亂蕭牆闇霧雰！遂使仇歡聞玉碎，永教親痛惜蘭焚！北樓直探衣冠塚【八】，細讀豐碑禮義軍！

註：

【一】原註：「龍、趙二同志為當時新豐中共黨組織負責人。」

【二】原註：「余與黨組織失去聯繫後，一貫從事教育工作，今年三月在中山大學哲學系退休。」

【三】原註：「馬頭為新豐縣小鎮，當時余在馬頭小學任教，參加了黨組織，從事抗日救亡工作。」

【四】原註：「當時演唱抗日救亡歌曲，編輯壁報，發動捐獻救亡運動，多少不拘。『一仙』，即一枚銅版貨幣。」

【五】「壯心」，「手稿本」作「眾心」。

【六】原註：「周君，指上級黨派來之領導同志周惠敏君。周同志被國民黨反動派逮捕入獄，備受嚴刑拷問，守口如瓶，（『守』字前，原有『周同志』三字。似為贅筆，逕刪。）從容就義。」

【七】原註：「鄭君，即鄭選民同志，為國民黨反動派殺害。」（「手稿本」於「殺害」前有「所」字。此據「記錄本」。）

【八】原註：「新豐縣北樓背山頂建有烈士衣冠塚，塚前聳立烈士紀念碑，刻有烈士二百五十餘人姓名。周惠敏、鄭選民二烈士姓名亦赫然耀目。（『周』字前，原有『而』字。似為贅筆，逕刪。）余與謝國樑同志隨龍、趙等同志暨諸戰友在塚前獻花敬禮。」

承黃海章老教授惠贈大作《黃葉樓詩集》謹題致謝並祝其九十大壽

詩格高隨德齒高，氛埃曾不染絲毫。豈唯桃李年年發，更喜春風萬木蘇！

謝關曉峰書法大家惠贈墨寶

平生素仰大書名，雅集花園喜識荊【一】。得意春風揮巨筆，珍藏趙璧重連城。

註：

【一】原註：「予自一九八六年東方賓館花園雅集始得初識荊州，乃蒙惠賜墨寶，誠幸事也。」

丙寅中秋

今日團圓樂，明時豈易逢？予懷川印月【一】，世態草隨風【二】。願慎神樵斧，勤修仙子容。清香和麗影，永永共晴空。

註：

【一】原註：「朱熹云：人人有一太極，物物有一太極。如月印千川，天理於人心，固常全也。」

【二】原註：「《論語》云：『君子之德風，小人之德草，草上之風必偃。』文明教化之義大矣！」

七秩晉一感懷（歲次丙寅）

人生何處不徜徉（心唯曠達）？老子於今七十強【一】（志節不衰）。紅葉光景），夜籟偏追舊夢長（追憶前塵）。好是月明風定後（生活漸好），江鷗野鶴養潛光【二】（堅持晚節）！

【猷按】各句之自註，各本均統一書於全詩之後。今移於各句之後。

註：

【一】「於」，「手稿本」曾作「如」。

【二】「養潛光」，「手稿本」曾作「共清香」。

又一首【一】（靜思往事，寄意後生）

徐徐夢醒靜虛堂，不斷幽蘭送逸香。默數韶華七十載，四分明月六分霜【二】！

註：

【一】此題，「記錄本」作「七秩晉一寄意（歲次丙寅）」。

【二】此句，「記錄本」作「幾分明月幾分霜」。又各本均有註曰：「余生七十，解放前三十四年，霜也。後三十六年，中歷浩劫十年，亦霜也；餘二十六年，明月也。實計一生，逢明月者七十分之二十六。約而言之，四分明月六分霜也。但願來茲，更多明月。後生好自為之，他日彼等韶華『十分明月更無霜』則幸矣！」

廣東社聯哲學會壽筵敬奉座上諸公【一】（丙寅孟冬作）

曾經浩劫吾難老，卻辱群公賜壽觴。紅葉犯霜迎日豔，黃花抗冷壓秋香。寒儒有幸逢嘉會，祖國何年入小康？林下生涯如眷問，文園桃李未能忘！（頷聯襲用卷五〈七秩晉一感懷〉句【二】）

註：

【一】此詩原編於第六集，今據其寫作時間改編入本集。

【二】此自註見於「全集本」，「自選修正初稿本」無此自註。「頷聯」，原作「頸聯」，似為筆誤，逕改。「卷五」，即第五集。

謝書法家麥少麐老師贈書其自作新詩條幅，並報以拙著《樸廬吟草》求正

定武蘭亭法，洛神玉版姿。麥公深造詣，況復寫新詩。新詩清且麗，二美皆吾師。條幅持贈我，我何以報之？樸廬有吟草，頗見喜和悲。此雖巴人調，盼公摘瑕疵。

又前七秩晉一自壽詩二首意有未盡，因再賦此【一】

禿筆一陳人，悠悠七十春【二】。獨行無愧影，所植有清芬。劫火燒難老，精鋼煉要頻【三】。歸休何所望？嘉木永欣欣【四】！

註：

【一】此題，「筆記本」作「七十自壽」。

【二】「禿筆」二句，「筆記本」曾作「七秩一陳人，平平度此生。」

【三】「鋼」，「筆記本」作「金」。此句，「筆記本」又曾作「真金煉愈精」。

【四】「歸休」兩句，「筆記本」曾作「陶然舉觴飲，和樂敘天倫。」；後改作「息機心自得，和樂見天真。」

眼昏【一】

年來眼目昏矇，因戲題此。

眼昏不見物，心昏害人群。眼昏忘利欲，心昏利欲薰。利欲損又損，清靜樂無垠。利欲求復求，必亂人性真。我願眼昏心莫昏，江湖白髮結鷗盟！

註：

【一】此詩於「記錄本」及「自選修正初稿本」中，均載第六集。此從「全集本」。

題觀書小照（補錄）【一】

休將舊夢怨風塵，涵泳詩書勵此生。家國須才吾諱老，馬恩成誦力求真。奇花映戶紅於火，文苑回春暖遍人。更愛夕陽無限好，弦歌唱出月華新。

註：

【一】此詩唯見於「手稿本」，「補錄」二字亦為原稿所有。

悼念許崇清校長【一】

當年風雨空聞耗，今日心香悼大儒。百載樹人千古業，一生垂範五車書。黌門三主清芬遠【二】，薪火長傳化育俱【三】。愧我遇公生也晚，仰瞻孔步未能趨。

註：

【一】此詩各本均未見，乃書於一信箋，由幗新記錄。詩末有「晚生，陳玉森敬挽」七字，蓋為追悼會之挽詩也。故依其時編於此卷之末。

【二】「主」，曾作「掌」。

【三】「化育」，曾作「教澤」。

第六集　知我集

（一九八七年退休以後【一】）

註：

【一】「記錄本」及「自選修正初稿本」均作「一九八六年」。

壽黃閏科老師八秩大壽之喜【二】

吾師八秩志彌堅，參黨頻爭四化先。杜下久餐真學飽，風高還向後昆傳。春添九畹滋蘭秀，老惜三餘夕照鮮。愧我壽公無別物，拙詩一首祝遐年。

註：

【二】原註：「黃教授歷任廣東省內各大學圖書館館長，退休後參加中國共產黨，積極發揮餘熱，為四化作出貢獻。」

退休書事【一】（九首）

幾樹奇花香入室【二】，十分圓月朗如心。此際老夫詩興發，放開懷抱正高吟。

陶氏柳條青護宅，杜家春水綠迎鷗。笑我樓居成一統，日拈禿筆寫春秋。

周子愛蓮不染坭，姜公垂釣坐磻溪。老來清興吾何有？秋月春花漫品題。

往來孫子跳蹦蹦，共樂含飴亦率真。怪我舉棋差一著【三】，望渠他日冠三軍！

記得兒時啖荔枝，岡頭爬上最高枝。夕陽西下無人管，注意多攀糯米粢。

老眼昏時心未昏，黃花綠竹寄詩魂。閒來袖手看流水，波浪兼天何處奔？

老來學易漸知幾，朵朵秋雲似白衣。月照江心江印月，一聲玄鶴破天飛。

暑假回鄉愛讀書，不是求官不作儒。勤學只因貪過癮【四】，談完西蜀說東吳【五】。

吾今老矣更何為？筆已無花昨夢非。安得浴沂春日永，諸兒隨伴賞餘暉【六】。

註：

【一】「草稿本」收「九首」，其餘各本收「七首」。
【二】「幾樹」，「草稿本」曾作「百種」。
【三】「怪」，「草稿本」曾作「笑」。
【四】「勤」，曾作「飽」。
【五】此詩唯見於「草稿本」。
【六】此詩唯見於「草稿本」。

聊天（十五首）

擷得芳馨不用錢，閒尋鄰叟共聊天。青紅皂白色非色，美醜善惡玄又玄。

六里不聞六百里，畫龍果是好龍人？居然墜入張儀術，問誰曾識葉公真【一】？

朱雲折檻堪稱直，五鹿談經亦可憐。安得斯人忠烈氣，浩然衝上九重天。

大象身中難覓膽，蝸牛角裡可爭雄？我獨拈花潛一笑，滿園春色釀和風。

味士翩翩聚財寶，夷齊餓採首陽薇【二】。涇渭由來不相犯，菊花奇瘦牡丹肥。

玉暖珠光犀辟塵，由來貴冑競相珍。誰云敝帚無聲價【三】，掃盡污糟空氣新。

殘軀天幸容嘉遁，多病人惟念故交【四】。記否當年塵土裡，牛棚風雨夜蕭蕭。

鄰家失斧我何尤？白眼遭看數十秋【五】。我自埋頭讀詩史，生涯何日不優悠？

心中宇宙意中詩，縹渺人生此自持。日日江湄發遐想，彩霞飛出絢殘暉。

銅駝歷歷荊叢在，翁仲遺玗想伏波。嶺外浮雲離復合，黃昏相對奈愁何！

金篦不刷鸕鷀眼，廢棘能棲鸞鳳蹤【六】？夢醒疑聞天柱折【七】，隱憂人笑杞人同【八】。

關心日夜說文明，色鬼錢神數不清【九】。穿起布衣還掃徑，東籬黃菊太幽馨！

穆生不怪無嘉醴，桃李勤栽數十秋。聞道朱門厭粱肉，芬芳成長待渠收！

太玄覆瓿渾閒事，投閣還因識字多。話到揚雄應一歎，千秋誰與辨誣訛！

二度梅花今正開，萬方春色逐人來。舉杯且共鄰翁醉，莫道紅羊劫後灰！

註：

【一】此句，「草稿本」曾作「世間誰識葉公真」。

【二】「餓」，「草稿本」曾作「獨」。

【三】「聲」，「草稿本」曾作「身」。
【四】「惟」，「草稿本」作「餘」。
【五】「遭」，「草稿本」曾作「相」。
【六】「鸞」，「草稿本」曾作「彩」。
【七】「疑」，「草稿本」曾作「似」。
【八】原註：「首句用王船山句。」
【九】「色鬼」，「草稿本」曾作「物祟」。

丁卯迎玉兔

玉兔蟾宮搗藥還，蹦蹦何事到人間？只因奉了嫦娥旨，獻上延年益壽丹。

學書

學書愛學顏和柳，卻嫌董趙太多姿。心正自然筆亦正，誠懸此語最當思。

晚望

鷗盟鶴約依然在，綠水青山亦秀哉。誰道黃昏無意緒，彩雲推出月華來。

馬馬吟

馬馬馬，問誰能上不能下？名場利市向何方，僕僕風塵人老也。

風塵之外水山幽，山明水秀都無價。綠水清清魚米足，萬頃禾花金穲稏。

青山處處蘭桂香，臥看白雲多變化。共工若觸天柱折，便隨媧后修天罅【一】。

註：

【一】「修」，「全集本」曾作「探」；「草稿本」原作「窺」，後改作「探」。

飯飽

飯飽欄杆獨倚時，天心仰視耐人思。千家明月相同否，遍野奇花孰賞之。

謝張采庵詞丈惠贈大作《延秋集》

嘉會化龍交臂失，嶺南久仰大詩名。朵雲一卷延秋集，疑對冰壺見底清！

厚乾兄大專中文科高等自學考試全部及格畢業，年逾花甲，壯志彌堅，不勝欽佩，喜極賦此以賀。並柬志超、蔡雲暨番禺畢業諸同志【一】

老來不負琢磨功，勇採他山第幾峰？心壯未妨成器晚，寶光長耀故園紅！

註：

【一】此題，「中文科」，原作「文科」；「高等自學考試」，原作「高等考試」；均據實際情況補。

儆俗（二首）

一、我與君

君缺米，我節糧。同甘共苦勸君嘗。
君衣薄，我解囊。裁袍贈君禦冬寒。
君乘車，我策杖。衰老逢君冷相向【一】！

註：

【一】「冷」，「全集本」作「怒」。

二、母和兒

兒病弱，母斷炊。賣衣買肉養兒肥。
兒輟學，母心傷。典釵供兒上學堂。
兒娶婦，母心歡。求兒康樂肉甘剜。
母衰老，難幹事。夫婦罵娘「胡不死」！

觀物【一】（二首）

一

火燒蛾，蛾趨火，前焚後繼寧知禍？

二

花盛放，蝴蝶多，落花時節蝶如何！

註：

【一】「全集本」無「二首」兩字，亦無詩前之序號。

生克

火克金，水克火，金克木，木克土，土克水。克克殺殺天難墜。
金生水，水生木，木生火，火生土，土生金。生生不息見天心。

秦萼生丈書贈自題梅花詩，賦此致謝

余求秦丈墨寶至今三年矣。

異寶三年得，秦公翰墨香。梅花詩一首，清興發春芳。

主客吟

君為主，我為客。酣睡匡床天大白。

君為客，我為主。草舍難眠多老鼠。
我為客，君為主。西餅雞包兼牛乳。
我為主，君為客。稀粥一碗胡椒辣。
主主客客兩忘形，永遠親密如弟兄。

食牛肉

牛食草，牛擠奶，牛奶長養嬰兒大。
牛耕田，人食穀，食穀不足食牛肉。

讀郭註《莊子》

穿牛鼻，絡馬首，云是本性由天授。此乃莊生言，郭象論之透。
我欲問牛馬：「君以為然否？」

贈張采庵丈兼柬梁伯彥老師

丁卯立春後五日，承梁伯彥老師之介，與大詩家張采庵老先生光臨敝舍暢敘。一見如故，賓主盡歡，受教良多【一】，獲益不淺。喜成四韻，用志感激。即呈二老先生斧正。

春到敝廬迎采老，相逢如故笑聲嘩。胸無纖芥人應壽，腹有詩書氣更華。幸仰金科昭藝海，慚儕玉樹渺兼葭。何期再共梁公約，康樂園中品百花。

註：

【一】「受」，「草稿本」曾作「賜」。

次韻奉和梁伯彥老師

梁伯彥老師見贈大作二首，讀之感人肺腑。惟對我揄揚過甚，實不敢當，謹次原韻奉答。

多公遊藝不思還，白首沉酣竹素間。好是長吟清興發，聲聲唱得萬峰丹。
每因文字往仍還，公是吾師益友間。嘉惠愧承何以報？小詩聊表寸心丹。

附：原作

數度求師去復還，執經問難入書間。一言能破多年昧，始信靈通有妙丹。
皓首窮經不計還，英才作育在其間。飛霜點點曾無憾，報國雄心一寸丹。

偶題

老去生涯百不勝，頻搓病眼太瞢騰！埋頭著書終無力，得意吟哦尚可能。
鎮日相依唯藥圃，有時獨坐似山僧。從茲莫睡邯鄲枕，怕上青天第九層！

牙齒拔盡戲題

無齒之徒誰似我，可憐饑饉竟何殊？兩餐強進惟稀粥，百嚼難消負大酺！
怕近庖廚涎滴瀝，愁翻菜譜腹空虛。縱然海錯山珍列，都付兒曹及友于！

色相吟

硬骨頭，個個傻瓜，
軟骨頭，朵朵金花。

富的，彎腰【一】，嘻哈，嘻哈；
貧的，唾沫，他媽，他媽；
貴人，素昧平生喚聲爸；
賤人【二】，親戚故舊莫瞧他。
哎呀，哎呀，人間色相恆河沙！

註：
【一】「彎腰」，「草稿本」曾作「迎面」。
【二】「賤人」，「草稿本」曾作「賤種」。

再步前韻敬答采庵詩丈

如聞天籟從天發，又捧瑤篇喜復嘩。載道最欽傳德範，修文何止擅才華！
望洋每歎難為水，聽鳳仍慚不象葭。力學公詩能解喝，通靈端賴忍冬花【一】。

附：張老原和韻

樸廬深處宮牆內，客至迎門鳥雀嘩。哲匠詩人斯俊乂，松風水月自清華！

讀書我是無心果，獻拙徒能一舌葭【二】。何日砭針塵俗耳，聽鶯攜酒更看花？

註：

【一】原註：「張老前曾惠贈大作《忍冬集》。」

【二】「徒」，各本均作「從」，疑為筆誤。此從「草稿本」。

修禊雅集【一】

丁卯暮春，廣州流花公園浮丘修禊雅集，抱病應邀，感深情也。

頭岑目暗交遊少，曲水流觴約會頻。興發竟隨修禊事，情深忽覺復天真。食貧十載思奇劫，飽德餘生感暮春。安得清和同此日，惠風長暖後來人！

註：

【一】此詩題，「草稿本」作「丁卯暮春，廣州流花公園浮丘（『流花公園浮丘』曾作『東方賓館』）修禊雅集，抱病應邀，感深情也。」詩後有註曰：「余抱病，本不欲參加修禊雅集，而群賢情深意重，招邀赴會，感而遂行。乃將前詩修改。」其前詩詩題為〈丁卯暮春，承邀修禊雅集，病不能行，賦此寄意，並柬群賢〉，其詩則曰：「頭岑目暗交遊少，曲水流觴約會頻。喜極欲隨修禊事，情多爭奈抱殘身！食貧十載傷奇劫，飽德餘生感暮春。寄謝群賢無限意，相思能不一馳神！」

寄意

依稀月色沁樓臺【一】，仰望浮雲逐漸開。書卷未焚留子讀【二】，梅花何幸趁明栽【三】！愧無學術供時用，尚有康平入夢來【四】。他日芬芳聊寄意，寸心應不染塵埃【五】！

註：

【一】「沁」，「草稿本」曾作「灑」。

【二】「焚」，「草稿本」曾作「殘」。

【三】「何」，「草稿本」曾作「有」。

【四】「尚有」，「草稿本」曾作「猶記」。

【五】此句，「草稿本」曾作「寸心從此不沾埃」。

疏簾

疏簾微透玉蘭香，倘有銀蟾入我堂【一】？老去不知人世事，卻因花氣惜年芳【二】。

註：

【一】此句，「草稿本」曾作「倘有明星照夜長」。
【二】「卻因」，「草稿本」曾作「只從」。

海章老師九秩晉一大壽志喜

詩格高隨德齒高，氛埃曾不染絲毫。吟成黃葉見風骨，論到雕龍仰鳳毛。
迭代菁華桃李盛，幾番霜雪鶴松遭。嶺南尚寫英雄傳，矍鑠文場奮寶刀。

丁卯五月十八日，群賢畢至敝廬，題詩作字論古談今，喜而賦此【一】

一堂師友半鄉親，吐玉揮毫各有情。心正自然筆亦正，思清都覺句皆清。
求真集雅留佳賞，鑒往懷今惜素馨。笑我不才成駘弱，奮蹄猶欲共長征。

註：

【一】原註：「蒞舍者為謝健弘、陳天博、麥少麐、謝鍇、李五湖、林亞傑、古桂高、胡榮錦諸先生。」【猷按】「林亞傑」，原排在「李五湖」之前，今以其齒德乙正。

欣聞《實用內科急症》即將問世，賦此奉賀永沂醫師【一】

懷人樓畔正沉吟，忽剖雙魚接好音。竹簡未孤酣積歲，杏林終見出金針。蒼生托命功何限，素問探源意亦深。我苦多年罹痼疾，還期一換扁嬰心！

註：

【一】原註：「何醫師，心臟科專家，現任市橋番禺人民醫院醫師。」（「全集本」無「現任市橋番禺人民醫院醫師」數字。）

次韻敬和張采庵詞丈詩人節吟詩會之作

聞道詩人雅興長，京華佳節薈群芳。流傳周召歌南國，率揆辭方有典常。九畹滋蘭斯秀美，千秋積玉此輝光。從今不作懷沙賦，愛看天門鳳鳥翔！

附：張老原作

江蘺薜荔水天長，五月都門挹眾芳。可信斯文能永久，共鄰此會不尋常【一】。新華豔作卿雲色，大雅交為祖國光。齊碰深杯酬令節，風前黃雀正高翔！

註：

【一】「此」，各本均作「比」，疑為筆誤。此從「草稿本」。

晚步澄溪抒懷【一】

暮年深惡是虛名，晚步澄溪且濯纓。恥逐邪途成富儈【二】，任從流俗笑寒傖。煙霞骨相還今我，水月胸懷付後生。歸去芝蘭香滿室，好風吹拂似關情！

註：

【一】此詩唯見於「草稿本」。

【二】「途」，曾作「門」。

有感【一】

京華聞道策升平，喜極弦歌獻頌聲。世運且休論否泰，名熏利炙甚於兵【二】！

註：

【一】此詩唯見於「草稿本」。

【二】「名熏利炙」曾作「名韁利鎖」。原註：「官僚主義、貪污腐化之害大矣。」

詠梅

女顏如玉氣芳清，冷對嚴霜伴月明。嫁得逋仙春永好，生兒長向九霄鳴。

夢醒

風月清泠句亦新，山河寂靜夜無塵。卻憐舊夢初醒後，花氣依然暗襲人。

眼暗

眼暗久思除內障，金篦無奈老頑軀。貪從水鏡尋花月【一】，難舍蹄筌得兔魚。念執塵埃終莫拭，憂熏疾病豈能蘇！維摩了悟非空色【二】，香國神遊亦足娛。

註：

【一】「貪」，「草稿本」曾作「偏」。

【二】「了悟」，「草稿本」曾作「方丈」。

贈某君【一】

當年知子是狂生，談說能令四座傾。問世豈無鴻鵠志，讀書真有蠹魚情。虎嘯徒聞馮婦起【二】，龍來卻見葉公驚【三】。願君歷覽儒林傳【四】，多少蓬蒿沒姓名！

註：

【一】此詩唯見於「草稿本」。

【二】「徒」，曾作「未」。

【三】「卻」，曾作「惟」。

【四】「歷」，曾作「披」。

贈志成賢弟（有序）

余與志成弟一別十多年矣。昨成過康樂園舍間暢敘離情【一】，良多感慨。成為番禺石樓鄉人，與余同族。余比成長十四歲，成以兄相稱。小同閭巷，比鄰而居，余執教鄉校時，成於此就學。故成之質性，知之較深。成性好學聰敏，樸實寡言，師友多相許之。後以烽煙滿路，各散東西，消息茫然者久之。建國後，曾數度相遇，然均匆匆未及傾訴積悃【二】。昨成過訪【三】，悟言崇朝，始知成於建國後屢當會計及經營製糖等事業，工作努力，有法度，作風正派，一塵不染，數得上級獎賞及群眾信賴。談論間，話到近日歪風邪氣之盛，感慨無窮。余於成之工藝日精，而純樸如昔，實深敬佩。因賦贈是詩，亦互相勉勵之意也。

少小鄉閭共比鄰，忝為授業更相親。童年砥礪知聰敏，人海浮沉悟果因。
工賈操持欣有道，薰蕕殊異恥同陳。重逢莫作風塵歎【四】，一笑依然太樸真。

註：

【一】「成」，「全集本」作「承」。

【二】「均」，各本皆作「君」，疑為筆誤。「悃」，各本均作「困」，此從「草稿本」。

【三】「成」，「全集本」作「承」。

【四】「作」，「草稿本」曾作「向」。

鄉邑番禺觀光吟

一九八七年九月二十八日至三十日，番禺縣政府暨政協委員會組織番禺旅穗專家學者回縣觀光，余忝承柬邀參加。賦得七律五首。外三首。

一、鄉邑歸來參加教育事業座談會【一】

禺山練水共尋源，梓里逢人一笑喧。樓宇連雲迷巷宅，園林隨處賞蘭蓀。
豈惟鄉序歌輪奐，冀易新風仗弟昆。難得秋光今正好，談心表意樂團圞。

註：

【一】原註：「二十九日分組參觀市橋建設，我們教育事業一組參觀了仲元中學、僑聯中學和城北小學。三十日上午座談。」

二、番禺新建圖書館【一】

秦坑以後誰知禮？漢策而還始重儒。劉氏卻嫌多杜撰，康公何及考群書！
新櫥喜集鄉賢著【二】，縣誌能匡正史誣。邑館落成堂室廣，文場從此任馳驅。

註：

【一】原註：「新建圖書館寬敞幽雅，別辟一室收藏歷代邑賢著作，僑胞石景宜先生捐贈圖書一批，內有廣東省各縣縣誌，極具參考價值。」（「極具」，「全集本」「記錄本」皆作「極有」。

此從「自選修正初稿本」。）

【二】「著」，「草稿本」曾作「製」。

三、番禺賓館【一】

番禺賓館費經營，樓舍庭園照眼明。賓至頓添人意暖，居停真感俗塵清。
何來好景多方譽？盡是僑胞一片情！梓里風光渾勝錦，衝天歸鶴認前汀。

註：

【一】原註：「番禺賓館為愛國僑胞霍英東、何賢和張耀宗先生等所捐資建築，樓舍庭園，幽雅舒適。」

四、蓮花山懷林公則徐

振弱燒煙事豈賒？蓮花山麓即吾家。齊民礪志同巖石，昏主求和走傳車！
故老尚談岡上壘，大江不改浪淘沙。城堤古塔開新貌，放眼天南感物華！

五、蓮港漁家

人人不歎食無魚，蓮港新居易舊居。滿載嘉鱗秋汛早，一江浮練粵謳徐。
山光影入漁家樂，酒氣香催禮數疏。我愛蓴鱸思買醉，故鄉風味勝郇廚。

外三首

此次觀光，未及南村、化龍。去歲翁山詩社化龍雅集，余曾歸訪之。興感之情，蘊而未發，茲補題三首。

一、屈翁山墓【一】

分明愛恨屈公詩，南國新風接楚辭。篇什若斯憐歷苦，江山如此尚堪為！
今無猛虎當衢路，漸有文鸞訪舊枝。願上忠墳虔一拜，卻慚學易我偏遲。

註：

【一】此詩組於題前原無序號，所以增之者，清眉目而已。

二、化龍服裝廠

多君不製芰荷衣，萊舞斑斕趁合時。世值雍熙無隱者，人臻耆老亦孫兒。
文明禮貌冠裳盛，體態端莊服飾宜。會看新風傳海外，萬邦爭向化龍師。

三、餘蔭山房

山房別有小乾坤，劫後重芳訪古園。曲徑窮通隨指向，名花枯苑且尋根。
翠臺幾度經風雨，玉樹依然蔭鳳鸞。靜坐亭心觀八面，教人能不羨南村！

題健弘謝老夫子壯遊詩卷（二首）【一】

昔賞屐痕千里跡，於今又誦壯遊詩。淩雲大翼老彌健，攬勝華章迭出奇。
瑟瑟秋風秦帝墓，森森古柏武侯祠。天人多少榮枯事，延水長流最可思。

機聲軋軋上蒼穹，暢覽西南形勝蹤。溫水凝脂千古恨，草堂遺卷萬方崇。
題名雁塔知誰在？無字鼉碑見素衷。史跡民風觀不盡，多師品詠滿詩筒。

註：

【一】各本均無「二首」兩字，今據其例補。

狂風

狂風不倒深根樹，明月常添貞士樓。三百篇詩吟未足，恨無彩筆寫神州。

悼詩家林孝則丈【一】

蓬江悵望竟何如，零雨其濛接耗書。夢裡尚縈三疊韻，壁間空對舊題廬。神交數載人終杳，淚灑無多眼已枯。手捧嚶鳴吟不釋，傷心最是失真儒！

註：

【一】原註：「余自一九八〇年以文字因緣定交，唱和頻頻，至有三疊原韻者。林公又曾為余題『樸廬』橫幅，書法剛而帶柔，甚足寶貴。今則物在人亡，殊可痛也。」

整理舊籍

老去歸休意惘然，亂雲散後始晴天。自慚病眼觀群動，聊養清神受一廛。綻蕊寒梅春有訊，偃風新草綠無邊。蠹魚欲食神仙字，呼喚兒郎理舊篇。

欲參加法商學院校友會理事會，因事不果

承廣東法商校友會理事會之邀約，於一九八七年十一月二十九日參加宴會，以勸會務，以敘舊情。是日忽值狂風橫雨，眼病難行，遂致爽約。題此志歉，並致謝忱。

狂飆不倒深根樹，老盡霜皮仍著花。爽約奈何吾病眼，榴崗風雨憶年華！

貓鼠吟

有感官僚貪污腐化而作也【一】。

誰謂倉中糧不多，其奈群鼠饞嘴何？人饑鼠飽空催科！

誰謂貓公缺供奉？每日鮮魚倉裡送。群貓腹飽肆酣嬉，日夜跳樑邀鼠共【二】。

主人養貓期捕鼠，貓護群鼠不護主。管他倉空人苦饑，貓鼠聯歡真寫意！

可憐農夫日日忙，增產增產為那樁？嗚呼，增產增產為那樁！

註：

【一】「全集本」無此小序，然於詩後則有自註云：「反貪污腐化，反官僚主義也。」

【二】「日夜」，「全集本」作「亦愛」。

與友人偶談浩劫，寫此解嘲【一】

汝若呼我為牛我應牛，力耕豐產在田疇。
汝若呼我為馬我應馬，勇殺頑敵受驅駕【二】。
汝若呼我為龍我應龍，噓氣成雲順天功【三】。
汝若呼我為虎我應虎，專食豺狼靖林藪。
汝若呼我為龜我應龜，全神養氣氣不虧。
汝若呼我為鳥我應鳥，淩雲下覽眾山小。
噫嘻，天人變化不可猜，我養我氣任安排！

註：

【一】此詩題，「草稿本」作「汝若」，而此題目則為小序，其中「解」字曾作「自」。

【二】「受」，「草稿本」曾作「任」。

【三】「順」，「草稿本」曾作「立」。

題黃佐《張鎮孫傳》後

我咽瑩冰一大塊，塵心滌蕩無纖芥；我飲醇醪一大盅，胸懷溫暖來春風！平心為作鎮孫辨誣詩【一】，真情博得萬人知【二】；端坐以讀黃佐張公傳【三】，褒忠好為千秋勸【四】。

人生遭際幸不幸，史德攸關正不正。若無直筆秉真知，千秋功罪憑誰定！天祥柴市眾知名，精忠乃得垂丹青；鎮孫城陷亂未已，兵馬紛挐誣也易。此理原如指掌明，只是庸人不察耳。乃謂先降旋自經，細審斯言何齟齬！降敵本求榮，何以又尋死【五】？若云以病逝，載籍無其語；若云死訊虛，後無行實紀【六】。知人論世揆平生，張公死節無疑矣！

沉冤始自元脫脫，元臣傳宋真情奪【七】。繼以宋濂逮畢沅，流傳謬種繩其說。三者官書正史稱，眾口一詞長喋喋：廣州城陷鎮孫降，奇冤大案堅如鐵【八】。只信官書不信真，何異雙睛蔽一葉！

獨有明人黃佐氏，眾議力排申正義。旁徵博採力求真，鉤沉探賾明端緒【九】。皇皇對策起塵封，直感天心八千字。力斥權奸不顧身，敢犯龍顏辟祥瑞【一〇】。怒指夷酋等禽獸【一一】，言而無信非吾類。臨危受命力不支，城陷被執解燕市。途經庾山險【一二】，一死誰關注？文山丞相挽詩哀，仲微御史兇音至

【一三】。鐵案終為鐵證翻，藎臣一代千秋淚【一四】。撫卷深悲史識難，斧斤華袞容輕與【一五】！

從此史家紛踵黃子蹤【一六】，阮元後有萬斯同。就中萬氏宋季忠義傳，赫然立傳褒張公。士升錢氏南宋書，更為讚語表精忠【一七】。張公名應垂宇宙【一八】，張公浩氣貫長空！黃子芳名亦不朽【一九】，千秋萬世春融融！

張公本是嶺南人【二〇】，我亦嶺南一村叟。感公忠義世楷模【二一】，嶺海之光鍾靈秀【二二】。願與同人勵公節【二三】，植桂滋蘭千萬畝。張公志節大光明，照耀我輩長征道上朝前走【二四】。南天秀士正如雲，珠海雲山呈錦繡【二五】！

說明：

張鎮孫，南宋末廣東人【二六】。嶺南第一個狀元。臨危受命，力抗元兵，曾克復廣州城。旋以兵力不支【二七】，城復陷，被執解燕京，自經死於庾山道中。脫脫作《宋史》，乃誣其獻城降。宋濂《元史》及畢沅《續資治通鑒》均沿襲其說，遂成定論。後明人中山黃佐作《廣州人物傳》，始詳張公行實。自此，清阮元作《廣東通志》，萬斯同作《宋季忠義傳》，及錢士升作《南宋書》相繼立傳白其冤【二八】，表彰其忠義，數百載沉冤乃得昭雪【二九】。然俗人泥於

「官書」正史，知公之冤者尚不多也。余以為張公忠義，一代民族英雄，實可與文天祥埒，為我嶺南之光【三〇】。余忝為嶺南人【三一】，力表公忠以為後世勸，實責無旁貸【三二】。

然老目昏花，往往心力相違。小兒憲猷近註黃佐《廣州人物傳》初稿成，其〈前言〉敘及張公事，余因其論為詩以辨之，冀與同人共勉，並冀拋磚引玉，得學者專家進一步之教益，則幸甚矣！【三三】

【猷按】黃瑜《雙槐歲鈔》卷八云：「吾廣狀元及第實自（莫）宣卿始。」阮元《廣東通志．本傳》據《雙槐歲鈔》亦謂宣卿於唐大中五年中狀元，以至影響《封開縣誌》等均沿其說。考《中國狀元譜》，唐大中五年進士第一者乃李郜（士履均未詳），新、舊《唐書》亦無莫宣卿其人其事，則宣卿進士第一之說實屬可疑。

註：

【一】「作」，「草稿本」曾作「賦」。

【二】「萬人」，「草稿本」曾作「鬼神」。

【三】「端坐」，「草稿本」曾作「屏息」。

【四】此句，「草稿本」曾作「大筆褒揚千秋勸」。

【五】此句，「草稿本」曾作「尋死終何以」。

【六】此句，「草稿本」曾作「行實後無記」。

【七】「臣」，「草稿本」曾作「夷」。
【八】「如」，「自選修正初稿本」作「似」，疑為筆誤。
【九】此句，「草稿本」曾作「稽古鉤沉顯幽賾」。
【一〇】「辟」，「草稿本」曾作「詆」。
【一一】「夷酋」，「草稿本」曾作「元夷」。
【一二】此句，「草稿本」曾作「途中庾山死」，又曾改作「及經庾山道」。
【一三】「音」，「草稿本」曾作「書」。
【一四】「藎臣」，「草稿本」曾作「孤忠」。
【一五】「輕與」，「草稿本」曾作「輕畀」。
【一六】「從此」，「草稿本」曾作「從茲」。
【一七】「精忠」，「草稿本」曾作「豐功」。
【一八】「名應」，「草稿本」曾作「大名」。
【一九】「黃子」，「草稿本」曾作「黃氏」。
【二〇】「嶺南」，「草稿本」曾作「番禺」。（下均同此）
【二一】「世楷模」，「草稿本」曾作「薄雲天」。
【二二】「嶺海」，「草稿本」曾作「我邑」。
【二三】「同人」，「草稿本」曾作「邑人」。
【二四】「朝前」，「草稿本」曾作「齊奔」。
【二五】「珠海雲山」，「草稿本」曾作「練水禺山」。
【二六】「廣東」後，「草稿本」曾有「番禺」二字。

【二七】「旋」，「草稿本」改作「後」。

【二八】「立傳」前，「草稿本」有「承黃說」三字。

【二九】「昭雪」，各本均作「清雪」，疑為筆誤，此從「草稿本」。然「草稿本」曾作「大白」，又曾改作「清白」。

【三〇】「嶺南」後，「草稿本」有「番邑」二字。

【三一】「為」，「草稿本」作「屬」。「嶺南」後，「草稿本」曾有「番禺」二字。

【三二】「草稿本」無「實」字。

【三三】「草稿本」無此段，而以「故作（曾作『乃賦』）此詩以與鄉人共勉」一句結束全文。

三千【一】

三千世界一塵埃，七二吾生樂與哀【二】。天性不容名利束，詩篇都自苦甘來。崢嶸想像今何似【三】，老大韶華去不回【四】。且伴梅花明月下【五】，報春曾是犯寒開【六】！

註：

【一】此詩唯見於「草稿本」。

【二】此句曾作「七十人生樂與哀」。

【三】此句曾作「崢嶸歲月今為好」。
【四】「韶華」，曾作「光陰」。
【五】「梅花」，曾作「寒梅」。
【六】此句曾作「春前難得向人開」；又曾作「報春猶喜向人開」。

眼病

根塵何處不相依！一闡提人佛大悲。安得金篦除隔膜，吾生原不類鸕鷀！

石樓楹聯

石樓鄰蓮花山，外接獅江。

石燦蓮花，幻作樓臺風景秀【一】；
江名獅子，流歸溟海水聲洪。

註：
【一】「幻」，「草稿本」曾作「建」。

集《孟子》句贈貪墨腐化官僚聯【一】

上下交徵利；
左右逢其源。

註：
【一】此聯唯見於「草稿本」。

題石樓《獅江揚帆》報刊

獅江滾滾極天南【一】，喜見群英學海探【二】。潔比蓮花堅比石，一般心意各揚帆。

註：
【一】「獅江滾滾」，「草稿本」曾作「潮如獅吼」。
【二】「喜見群英」，「草稿本」曾作「喚起華魂」。

龍年獻詞

是歲戊辰，戊屬土，其色黃，辰屬龍。黃龍，古謂禎祥之兆也。

今歲黃龍見，禎祥兆歲豐。葉公云愛好，願勿駭真龍！

戊辰七秩晉二書感【一】（二首）

戊辰初作，未及新朝也。

才度丙辰又戊辰，漸離冷酷沐陽春。肯拋素志從人志？永保天真守道真【二】。千古詩篇懷大雅，百年心事化微塵。劇憐苦畫黃龍像，猶是堂前未躍身【三】！

天性不容名利束，素心真與俗情乖。一生獨恨無精撰，九死常疑有命排！曙色乍衝雲霧散，鴉聲猶亂鳳凰喈。皤然自笑癡愚甚，夢眼搓開望古槐【四】。

註：

【一】此詩又見於另一單頁稿紙及「草稿本」，用鋼筆所書。單頁稿紙題中「書感」則作「書懷」。共有兩首，第二首不見於「全集本」及「記錄本」，題後原無「二首」兩字，今據其例補。又「全集本」及單頁稿紙均無「未及新朝也」五字，而單頁稿紙則另撰小序曰「戊屬土，土色黃。辰屬龍，戊辰，黃龍見，吉祥之兆也。」此從「自選修正初稿本」。「草稿本」此二詩各自命題，無序，第一首如本題，第二首則作「戊辰感述」。

【二】「永保」，「全集本」作「猶保」。
【三】「猶是」，「全集本」作「卻是」。
【四】「搓」，「草稿本」曾作「張」。

又一首【一】

破綻奇花春在樹，初銷寒氣亦清新。陽光照我從今好，欲火燒人自古然【二】。塵世難逃名利外，野花幸保色香全【三】。莫嫌獨秀一枝少，播出芬芳遍大千【四】。

註：
【一】此詩唯見於「草稿本」。
【二】「陽光」二句，曾作「月光照我心雖白，銅臭薰人漬莫湔。」
【三】「保」，曾作「自」。
【四】「莫嫌」二句，曾作「一枝獨秀君休摘，保得芬芳雨後天。」

戊辰對梅抒感【一】（二首　時年七十二）

去年冬暖，梅開甚少，故對梅興感也。

幾番花信枯還菀，七度龍年樂與哀。眼色早憎青白變，詩聲都自苦甘來。
峥嶸想像今何似？老大韶華去不回！月下最宜梅伴我，報春偏要犯寒開！
南雪喜看春在樹【二】，月移疏影見清鮮【三】。含情吐玉從今好【四】，鐵骨
冰魂自古憐【五】。何日盡芟蕪穢淨【六】？此花應保色香全。莫嫌獨秀一枝少，
引出芬芳遍大千【七】！

註：

【一】詩題後各本均無「二首」兩字。今據其例補。第二首，於「草稿本」中曾獨自命題為「詠梅」。後復修改成此詩組。【猷按】此二首，似為〈三千〉及〈戊辰七秩晉一書感〉之「又一首」修改定稿之什。

【二】此詩又書於一單頁稿紙中，並有序云：「戊辰立春作」。蓋此單頁稿紙乃先父投稿之用，是詩寫於立春之前，已錄入本集，至臨近立春，乃抄錄寄投，並云：「立春作」。「喜看」，「草稿本」〈詠梅〉曾作「銷融」。又曾改作「初融」。

【三】「移」，「草稿本」〈詠梅〉曾作「明」；「見」，單頁稿紙作「亦」。

【四】「吐」，「草稿本」〈詠梅〉曾作「綻」。

【五】「冰」，「草稿本」〈詠梅〉曾作「寒」。

【六】「淨」，「草稿本」〈詠梅〉曾作「盡」。

【七】「引出」，「草稿本」〈詠梅〉曾作「播得」，並有註云：「今年梅開獨少。」

性解放【一】

少年情竇正初開，誰說風流是不才？燈色酒香催夢熟【二】，柳眉桃面獻春來。性求解放真應爾，欲滿須臾亦快哉！遑管室家兒女苦【三】，一身頑疾念成灰【四】！

註：

【一】此詩唯見於「草稿本」。

【二】此句，「草稿本」曾作「月色酒香拖夢友」。

【三】「苦」，「草稿本」曾作「計」。

【四】此句，「草稿本」曾作「韶華抛盡念成灰」。

對聯

連巒宛轉傳猿怨，
廣漢蒼茫看蟒狂。

我有千鍾粟

我有千鍾粟，換來金百兩。製作美人飾，燦燦華光亮。美人婀娜姿，豔麗更堪賞。心滿意亦足，豔福年年享。一旦歲大饑，黃金同糞壤。美人變黃婆，我亦成老丈。懷金相對泣，枵腹如雷響。

貓虎吟【一】

貓兒捕鼠立大功，老虎兇殘稱大蟲【二】。
貓兒多，快朵頤【三】，何妨浪烹浪食養天和。
老虎少，畏其絕種【四】，應須必蓄必保勤關照【五】。
君不見廣州名菜三珍會，以貓代虎龍鳳配。食客紛紛慕名來，美味久久傳闔闠！
又不見華南猛虎能吃人，誰敢擅獵獸之珍？昆明已報傷千戶，羅浮又恐出山君【六】！
嗚呼，殺多保少，是非得失終何據？虎貓請試評功罪！

註：

【一】此詩唯見於「草稿本」。

【二】「兇殘」，曾作「吃人」。

【三】此句，曾作「快我頤」，又曾作「大快朵頤」。

【四】「畏其」，曾作「須防」。

【五】此句曾作「嚴禁捕殺勤關照」。

【六】「恐」，曾作「見」。原註：「報載羅浮山曾出現猛虎，旋又更正，謂報載失實。然，此亦居民畏虎心理之表現也。」

倚杖

倚杖臨江立，春雲過眼浮。風微花送粉，月淡岸眠鷗。憶友知誰健，觀魚頗自由。水彎雖宛轉，從不向西流。

石樓八景漫題【一】

石樓八景，乃清鄉賢所定，今則情殊事異【二】，已非舊貌矣。此不過寄題遣興之作，至於真偽工拙，皆非所計也。

註：

【一】此詩組於詩題前原無序號，所以增之者，清眉目而已。
【二】此句，「草稿本」曾作「情隨事遷」；又曾作「世殊事異」。

一、竹園鳥語

竹園聞鳥語，未見鳳凰來。合報東君說，琅玕雜草萊！

二、荔圃蟬鳴

當年人買夏，處處荔蟬鳴。無復紅雲宴，喜聞弦誦聲！

三、獅江帆影

帆影獅江闊，天天盼遠人！盼來風浪靜，鬢髮盡如銀。

四、馬嶺松陰

馬嶺松何在？前賢種樹心。嚴寒懷勁節，酷暑想清陰。

五、練溪釣月

練溪明月好，況乃稻香秋。我頗知魚樂，無心作釣鉤。

六、沙圃鋤雲

南圃何遼闊，春雲映白沙【一】。園丁今幾許？勤懇育新芽【二】！

註：

【一】「春」，「草稿本」曾作「青」。

【二】「園丁」二句，「草稿本」曾作「閉門聊種菜，俊傑幾多家。」

七、蓮岩懺佛

心閒無罣礙，性靜比浮蓮。何必懺諸佛【一】，搬柴也是禪！

註：

【一】「心閒」三句，「草稿本」曾作「平生無罪孽，何事懺諸天。性似蓮花淨」。

八、石礪歸樵

石礪歸樵路，於今車駕忙。旅遊人絡繹，山水換新裝。【一】

註：

【一】「山水」句，「草稿本」曾作「層出鬥華裝」。

題志成賢弟《自我欣賞》集

芳華自賞亦欣然，況是風和日麗天！把卷每開娛晚趣，好花香透夕陽邊！

春和抒感【一】

倚天抽劍且高歌，得失文章喚奈何！只手能衝關係網？寸心不受名利羅！
北門學士今安在！南郭先生尚幾多？合向荒園理蕪穢，百花承露正春和！

註：

【一】此詩唯見於「草稿本」。

聞歌【一】

誰家賓宴舞婆娑？隱約遙天靡靡歌。煙重月朦鷗睡穩，花繁春暖蝶飛多。如無商婦歡難盡，倘有儒生志未磨？為問黌門弦誦輩，鹿鳴之外豈宜他。

註：

【一】此詩唯見於「草稿本」。

老九

老九依然喚奈何！廣文自昔固窮多！誰能咽壞甘為蚓？我尚知廉不食鵝。始見黃龍紛獻瑞，同除碩鼠已張羅。更看此日群星會，照耀鵷鸞集玉柯。

石樓對聯【一】

註：

【一】各聯前原無序號，所以增之者，清眉目而已。

一

石友如雲【一】，聚首竹園，每愛尋根思彩鳳！
樓臺賞月，馳神練水，幾多歸旅念秋鱸。

註：

【一】原註：「交情永固，志節堅貞如石，謂之石友。」

二

石秀山奇，幻出蓮花傳氣韻；
樓高天遠，波翻獅海看文章。

三

石底根深，雨過天開，古嶺又培松節勁；
樓前浦沃，劫餘兵後，春雲仍護菜花香。

四

石礪歸樵，愛日今成勤儉訓【一】；
樓堂講學，紅雲永革泰奢風【二】。

註：
【一】原註：「《孟子》『斧斤以時入山林，材木不可勝用也』，此即『愛日』之義。」
【二】原註：「殘唐劉漢建國廣東，至其末代劉鋹，兇暴驕奢，每夏與姬妾歌妓歌舞於荔園啖荔作樂，謂之紅雲宴。（「草稿本」無「謂之紅雲宴」句。）敲剝荔農，人民不堪其苦，國乃滅亡。」

退休後漫題

空藏幾疊爛文章，退隱家無一物長。初月淡從孤嶺出【一】，微風輕送白蓮香。於斯自賞清神好，此外何求濁念忘。顧我心君本虛白，老來唯愛發詩狂【二】。

註：
【一】「從孤」，「草稿本」曾作「看蒼」。

【二】「於斯」以下四句，「草稿本」曾作「更無俗念宜清睡，偶有新思發笑狂。我本是誰誰是我，未須蝴蝶認蒙莊」。

屁股【一】

屁股珍藏渡遠洋，功成富貴勝侯王。何妨跪地求私庇，那管違天獲不祥！毒酒方成人命案，淫書又播眾生殃。排污解困寧無術？整肅官風殺狡商！

註：

【一】此詩唯見於「草稿本」。

悼彭秋萍丈

東山一席聆嘉論，自此多公志節貞。高義嚶鳴悲石友，華章回蕩尚金聲！臺澎應灑同袍淚，邦國難忘統戰情！神注江門馳慰悼，於今海峽漸風平！

天博兄剃度於廣州光孝寺【一】

欲絕根塵作老僧，問君何以厭飛騰？驚濤屢蕩凡心淨，劫燼終培智果增！懷素獨留千古墨，曹溪今已幾傳燈？儒門不少禪林侶，莫靳揮毫禮惠能！

註：

【一】此詩唯見於「草稿本」。

悟道吟

一

人有雙手，互為佐佑。人有雙腿，知進知退。人有雙睛，兼視以明。人有雙耳，兼聽得理。人有一心，或正或淫。惟心之正，天下以定；惟心之淫，舉世交侵。故曰心為君，手足眼耳為臣也。

二

暫而覺久，憂患相守。久而覺暫，歡樂無限。樂極生悲，憂患從之。憂患勵志【二】，吉祥以俟。憂而不傷，樂而不荒。久暫兩忘，大道之藏也。

註：

【一】「勵志」，「記錄本」作「薦志」。疑為筆誤。

三

金杯象箸，泣淚如雨。竹筷瓦缽，高興勃勃。毀譽衡金，憂樂從心。重金則爭，修心則亨。爭者死之道，亨者生之路。死者不可復悟，生者惟恐有誤。慎之慎之，誤誰憫之？忘利忘害，無憎無愛。動靜無私【一】，如山如海。地厚天高，永永存在。

註：

【一】「動靜無私」，於另一散頁稿紙中曾作「直道而行」。

題洛溪大橋聯

一

此洛溪大橋，貫通穗市番禺，迎送遊旅行商，車駕如雲，喜見物暢風移

【一】，人盡其才，廣智集賢敦德禮；

有珠江流水，滋注穀圍沙滘，映照芳亭翠宇，郊原勝錦，請看稻香果美，民精所業，厚生利用愛家邦。

註：

【一】「喜見」，於另一散頁稿紙中曾作「遂使」。

二【一】

得意立芳亭，讚賞跨島長虹，氣貫穗北賁南，廣利民生，車水馬龍，載不盡鄉情友誼；

含歡憑玉檻，迎接升空麗日，光被沙灣蓮港，遙通海外，物華天寶，引多少賈客遊人。

註：

【一】此聯唯見於另一散頁稿紙，其題初為「題洛溪大橋旁之亭」，後改為「題番禺洛溪大橋聯」。

題番禺洛溪亭詩【一】（六首）

怡人樹鳥新歌囀，迎客亭花笑臉莊。誰架長虹跨寶島，文明風氣貫城鄉。
芳園男女入雲歌，江廣橋寬客思多。最是歸僑心似箭，故鄉風貌問如何。
清流環抱小芳洲，草暖花明事事幽。莫道彈丸難擴展，交通文物是咽喉。
蓮花塔古登臨快，餘蔭園幽俗慮除。更拜孤忠屈子墓，飛車瞬息入番禺。
痲蝦膏蟹鯽魚子，商旅僑親盛譽齊。此物未勞垂釣得，洛溪不是古磻溪【二】。
耕田種果捕魚蝦，多少人家作富家【三】。水陸暢通前景美，洛溪靈秀足繁華。

註：
【一】題後原無「六首」兩字，今據其例補。
【二】此詩及下一首，各本均不載，此據另一散頁稿紙補。
【三】「多少」，曾作「喜見」。

題友人所繪桃花

穠豔多君著意描，春和日麗自夭夭。卻憐老醜吾衰矣，人與桃花不協調！

題贈法商學院校友會諸師友

廣東法商學院校友會於一九八八年國慶翌日成立於廣州，余病眼不便於行，未克參加。感惜之餘，賦此敬呈諸師友。蓋前此校友會附屬於勷勤大學，今在廣州及其郊縣，校友已發展至八百餘人，故獨立成一校友會，誠盛會也。

榴崗風雨憶黌牆，卅載塵容鬢染霜。盛世重逢真大慶，嗟余病眼九回腸！

四十餘年舊侶重逢話舊志感

分散各懷憂樂去，重逢都歷苦酸來。興衰運會誰能料？硬骨柔腸盡可哀。

悼盧光耀同志【一】（一九八八年八月十五日）

卅年甘苦從何說？風雨同舟劫幾回！照我膽肝惟守道，憐君心血盡培才！言傳豈獨文章盛，身教能令金石開。勵志論詩誰與共？遺篇三讀有餘哀！

註：

【一】此詩「記錄本」載於第七集，疑為誤載。詳見第七集卷首按語。

次韻奉和蕭公箑父一九八八年參加星洲儒學討論會有感之作

久厭鴉聲亂鳳凰，乍晴還雨水山長。廣文有道甘藜藿，季子多金炫故鄉！且樂簞瓢全骨氣，可期紈絝惜農桑？何當再展南遊翼，擁篲寒門掃徑忙！

又一首【一】

忍說當今儒第幾，嶺雲變幻水煙重。徒聞貴士尊顏斶，旋見飛龍駭葉公。有客銜竽當隊默【二】，憑誰振鐸啟時蒙【三】？近研否泰窮通理，頗悟天人化育功！

附：蕭教授原作

劫後高吟火鳳凰，南行未覺海天長。休驚抱器人歸楚，佇盼乘桴客望鄉。困境深觀明剝復，遊魂為變適滄桑。春臺豔說獅魚美，苦戀神州結網忙。

註：

【一】此詩唯見於「全集本」。
【二】「當」，曾作「排」。
【三】「時」，曾作「童」。

知我吟

讀《春秋》，有感儒學興衰【一】。

誰知我？天知我，地知我，我知我；一卷春秋亦知我。
誰知我？歎鳳傷麟綱紀墮！
誰知我？沮溺丈人皆瑣瑣！
誰知我？天德在余寧畏禍！
誰知我？天下有誰不知我？尊王期一統，攘夷仁義播；大道天下公，作聖因時所；撥亂小康致大同，寓褒寓貶求良佐。天下同尊萬世師，三傳春秋人讀破。中華精粹古文明，文化長流容斷阻！

註：
【一】「記錄本」作「讀《春秋》有感」。

第七集·思篦集

（一九八八年以後【一】）

一九八八年以後，眼昏日甚，漸至不能讀書作字，思得金篦刷目以復明，故題曰「思篦集」【二】。

註：

【一】「八八年」，疑為「八九年」之誤，蓋先父生於農曆丙辰九月，第六集有〈戊辰七秩晉二〉之什，其時為「八八年」，編於第六集是也。而本集有〈戊辰除夕〉〈戊辰立春〉之什，其時則已為「八九年」矣。「以後」二字，疑衍。又，第六集有〈悼盧光耀同志〉及〈次韻奉和蕭公箎父參加星洲儒學討論會有感之作〉，皆寫於一九八八年。則知第六集乃收一九八七年至一九八八年之詩，而本集則收一九八九年以後之作。

【二】「全集本」無此序。

漫步

精粹當年付劫塵，問誰劫後惜芳春？一生陋巷懷顏子，二世阿房懼楚人。

笑我抱殘惟靜默，有時策杖吸清新。雲光霧影今何似？病眼矇矓看未真。

挽丁寶蘭老師聯

難忘學海從遊，卌載探天人，我忍維舟師逝世；
最感文園共事，八方襲風雨，花猶結果木成材。

樸廬春早起【一】

群動催人醒，披衣望彩霞。春晴禽唱樹【二】，風定蝶親花。閒運陶公甓，香烹陸羽茶【三】。心清神自靜，廬樸未須華。

註：

【一】此詩，於「記錄本」乃〈春慶五首〉之一。參見本集〈獨夜〉。

【二】「唱樹」，「全集本」作「擇木」。

【三】「閒運」兩句，「全集本」曾作「一卷陶潛集，三杯普洱茶。」

攀月

我欲攀明月，無如手不長。況聞心計少，難折桂花香。何必乘風去？應須放眼量。秋高雲散盡，廣宇自輝光。

韻聯三副

一

空中蜂弄籠中鳳；
隊裡駒隨隧裡騾。

二

生身勤敏品謹慎；
翁踵龍鍾瞳矇矓。

三

極力繹易辟賾域；
諸櫥儲書殊娛餘。

有感聯

縮長頸，啜稀糊，鄭公一樂；（鄭板橋）
枕曲肱，居陋巷，顏子無憂。（顏回）

即興聯

一枕邯鄲非舊夢；
三杯普洱有新詩。

秋江泛月（三首）【一】

一槳撥開金帶草，層波湧出玉鱗魚。月下烹魚發遐想：何時喜接意中書！
嗚嗚誰訴洞簫沉？月入霜林照積陰。靡靡鄭聲傳隔舫，珠光寶氣耀江心！

濯纓濯足水流清，舟向藤蘿月下停。江上鸕鷀天上鵠，千姿百態耐人評。

註：

【一】「全集本」無「三首」二字。

詠史【一】

註：

【一】此詩組題前原無序號，所以增之者，清眉目而已。

一、管仲

誰說齊桓終得相【一】？公薨家國亂如麻。蘇洵一論真名世，管仲何如鮑叔牙！

註：

【一】「說齊桓」，一作「云管仲」，此從「全集本」。

二、介子推

介子隨君竟為何？十九年同難與災。拂祿逃綿真小器，重興弱晉急需才！

三、曹劌

不有前賢艱苦績，三軍安得一心同？一盛再衰三竭去，笑他曹劌獨居功【一】！

註：

【一】「笑他」，「全集本」曾作「焉能」。

四、須賈

曲折世途驚險阻，蒼茫人海滾波瀾。天良萬古應難泯，須賈猶憐范叔寒。

五、諸葛亮

諸葛一生唯謹慎，荊州失落繼街亭。此皆未足為深患，身死憑誰大任膺【一】！

註：

【一】此句，「全集本」曾作「獨憐生死憑誰膺」。

六、賈誼

治安失策賈生哀，前席徒聞帝重才。一自長沙人去後，百方風雨竟橫來！

人獸吟

有動物焉，其名為羊，幼哺乳而跪娘，壯愛群而順良【一】，此非獸也，人中之良者也。

有動物焉，其名為人，幼受育而暴其親，壯逐欲而害其群，此非人也，獸中之狠者也。

然則人獸果何定？定在性而不在形。人其形而獸其性者，必當制之以刑。

斯乃天下之大經。

註：

【一】「良」，各本均作「長」，而於「記錄本」「長」旁有鉛筆書「良」字。此從鉛筆所改。

秋夜獨坐

獨坐嘗清茗，猶然意味長【一】。耳邊無俗韻，室內有書香。露重花仍濕，雲開月漸光。推窗發遐想，微覺夜添涼。

註：

【一】「猶然」，疑為「悠然」之誤，蓋此詩所在之各本均非先父手筆，記錄者誤會其意而以音記之耳。

心學（五言排律）

陸王言易簡，一讀一深思。見有沉淪者，寧無惻隱時！德修同婦子【一】，念動即行知【二】。直道終何礙，良能永莫欺。吾心包宇宙，眾物共根基。充塞浩然氣，廓清淫亂詞。所憂人欲縱，不懼世途危。多士胡相詆？千秋孰斷疑？烏鴉鳴槁樹，鸞鳳宿瑤枝。明月滿天下，春風百卉滋。

註：

【一】「修同」，「全集本」作「推愚」。

【二】「動」，「全集本」作「及」。

獨夜【一】

人靜夜交子，雲開月滿園。晴空千世界，斗室一乾坤。花氣傳春意，書香感道尊。心波平復起，老病負軒轅【二】。

註：

【一】此題，「記錄本」改作「春夜」，並與〈幽棲〉〈樸廬春早起〉〈晚趣〉〈興酣〉組成詩組〈春慶五首〉。

【二】「花氣」以下四句，「全集本」作「有趣耽文史（『耽文史』曾作『供歡樂』），無心問綺紈。書香與花氣，催夢拜軒轅。」

重陽

登高乏力空藏屐，乘興題詩亦賞心。霜重未妨秋菊秀，風多偏愛老松吟。性無酒癖仍思醉，人到耆齡倍惜陰。屈指童遊忽惆悵，水流疑奏伯牙琴。

垂老樂

吾能讀書史，垂老更何求？富貴危機伏，吟哦興會幽。德才無閥閱，學術有源流。晚景依然好，陽光入小樓。

自撰娛老聯

富貴浮雲身樂健；
聲名至寶學希賢。

次韻恭賀謝健弘老師八秩大壽之喜

謝師年八秩，守道執其中。早展淩雲翼，春吹育物風。文林桃李燦，亮節玉金同。笑憶遊沂日，余儕六七童。

附：原作

生辰雜感

八十年前事，懸弧蓬舍中。雞鳴宵起舞【一】，虎嘯谷生風。弱冠流天竺，餘生夢大同。即今頭已白，猶幸作書童。

註：

【一】「起舞」，「全集本」曾作「警鼠」。

夜【一】

月緩窺虛牖，風微入小堂【二】。爐紅茶未熱，花綻氣初香【三】。星宿連燈火，詩歌盼鳳凰【四】。書成誰寄與，江水自茫茫。

註：

【一】此詩於「記錄本」中與〈不寐〉〈鑒心〉組成〈又春慶三首〉。

【二】此兩句，「全集本」曾作「月影移窗外，風聲入小堂。」

【三】此句，「全集本」曾作「花冷氣仍香」。

【四】此句，「全集本」曾作「龍文寫鳳凰」。

己巳（土蛇）年應徵聯【二】

一

土氣應黃天，德溯軒轅隆世運；
靈蛇延漢嗣，俗通華夏廣文明。

二【三】

西峻東平，土運大昌黃帝業；
北雄南秀，靈蛇長護漢家春。

三

土宇呈祥，靈通首尾身心應；
人民納福，直辟風邪膽力強。

四

專意輔英雄，願化長矛興漢業；
一身憑膽力，頻施大勇靖風邪。

五

萃五千有餘年，俊傑才華，土宇迭昌黃帝業；
喜九百多萬里，江山錦秀，靈蛇長護漢家春。

註：
【一】各聯前原無序號編次，據其例補。
【二】此聯唯見於「全集本」，然已刪。今依其舊，錄存於此。

不寐【一】

輾轉難成寐，心波不自平。簾飄風緩拂，窗淨曙微明。老憶當年夢，春慚愛日情。每聽修竹響，疑有鳳鳴聲。

註：

【一】此詩，於「記錄本」乃〈又春慶三首〉之一。參見本集〈夜〉。

偶題【一】

老去瑟稀感慨多，巴人下里奈音何。自慚欲振清剛響，未善陽春白雪歌。
銅琶鐵板吾無分，竹韻松風老大情。卻喜乍聞青鳥至，斜陽淺徑數新英。
丹鼎長生說本謊，東來紫氣亦微茫。桃花灼灼玄都觀，不見劉郎見女郎。
綠酒紅燈翠袖新，盛筵深院會伊人。烏衣第宅今誰主，寂寞梨花雨後春。
珠江湧月入南溟，蕩漾燈光接眾星。豈謂樓臺簫管外，九天猶有鶴孤鳴。
忮心不怨風飄瓦，絡馬穿牛豈自然。郭象未明莊子奧，孰為人事孰為天。
花城春早百花妍，好景常迎風氣先。我愛花城發遐想，乘風吹破野狐禪。
冰壺玉麈忞玄詞，兩晉南朝事可悲【二】。回首繁華金粉夢【三】，紅樓翠宇望多時。

註：

【一】【猷按】「全集本」有自註「順序悉依詩前編碼」，然各詩先後排列多有倒置，唯以序號明其先後，亦或有無編號者。今據詩組中各詩若無標題者，不編序號之例，刪去編號。次序先後則依其序號順次編排，無編碼者則隨前詩。

【二】此二句，「全集本」曾作「玉麈冰壺談亦遠，六朝往事太堪悲。」
【三】「繁華」，「全集本」曾作「可憐」。

歲運

歲運陽初復，春溫物候遷。壯懷今老異，好夢幾時圓！食德猶精勵，耽詩渾欲癲。心聲天籟叶，不待李龜年。

靜夜

萬物皆函活，吾惟受一廛。未能師許子，渾欲學逋仙。月靜增梅潔，風恬引鶴眠。老來更何事？花鳥入新篇。

戊辰除夕

千家歡笑達通宵，除夕同心祝歲饒。萬物並參天地化，四時應信雨風調。花香襲我盈衣袖，春意撩人入管簫。爆竹豈惟隨俗響，振聾聲勢徹重霄。

探囊取物【一】

探囊取物談何易？囊深物雜亂糟糟。治病尋針久不得，誰知針已脫囊逃。

註：

【一】於「記錄本」，此詩與〈甕中捉鼈〉〈索鳥卵〉〈倒散一籮蛙〉〈鱘與蟬〉〈遠志與小草〉〈買柑〉〈貓與鼠〉組成詩組〈隨筆八首〉。

甕中捉鱉【一】

甕中捉鱉欲飽肚，鱉咬人手人大怒。眾鱉見之大歡喜，連聲喝彩「咬得好！」

註：

【一】於「記錄本」，此詩乃〈隨筆八首〉之一。參見本集〈探囊取物〉。

索鳥卵【一】

兒欲索鳥卵，爬上樹梢頭。不慎跌下地，大哭碰穿頭。母親甚恐慌，向兒問因由。母親毀鳥巢，慰兒復兒仇。是非不分明，兒血必再流。

註：

【一】於「記錄本」，此詩乃〈隨筆八首〉之一。參見本集〈探囊取物〉。

勿捅蜜蜂窩【一】

勿捅蜜蜂窩，蜜蜂針刺爾。蜜蜂保其巢，針爾有道理。況爾奪其糧，本乃虧心事【二】。

註：

【一】此題及詩中「蜜蜂」，「全集本」皆曾作「黃蜂」。

【二】「況爾」兩句，「全集本」曾作「黃蜂不害人，何必多生事？」

倒散一籮蛙【一】

倒散一籮蛙，東西南北跑。主人歎晦氣，蛙喜機會巧。跳躍返田間，覓食害蟲飽。

註：

【一】於「記錄本」，此詩乃〈隨筆八首〉之一。參見本集〈探囊取物〉。

鰣與蟬【一】

鰣食而不飲，蟬飲而不食。物各適其適，何必強相逼。

註：

【一】詩題，「全集本」曾作「隨筆」。於「記錄本」，此詩乃〈隨筆八首〉之一。參見本集〈探囊取物〉。

遠志與小草【一】

遠志出山成小草，小草出山成遠志。兩說皆盡然，只因時有異。

註：

【一】「全集本」缺詩題，據「記錄本」補。於「記錄本」，此詩乃〈隨筆八首〉之一。參見本集〈探囊取物〉。

明珠與薏苡【一】

明珠似薏苡，薏苡非明珠。將軍載薏苡，何故欲加誅？

註：

【一】此詩缺詩題，據詩意及前幾首之例補。

買柑【一】

買柑只能看其皮，不能剖開察其肉。其肉敗如絮，其皮潤如玉。笑笑笑，哭哭哭！

註：

【一】「全集本」缺詩題，據「記錄本」補。於「記錄本」，此詩乃〈隨筆八首〉之一。參見本集〈探囊取物〉。

貓與鼠【一】

畫貓捉老鼠，老鼠無懼色。養貓捉老鼠，老鼠全逃匿。

註：

【一】「全集本」缺詩題，據「記錄本」補。於「記錄本」，此詩乃〈隨筆八首〉之一。參見本集〈探囊取物〉。

種竹【一】

珠江春色來偏早，花鳥宜人寫素懷。頗老文園培直節，更添修竹蔭寒齋。常聽綠葉含清韻，不作長簫怨玉階。搖曳斜陽好光景，詩聲天籟最和諧。

註：

【一】於「集外集」此詩與〈松〉〈梅〉組成詩組〈歲寒三友詠懷〉。

己巳初春觀魚抒感

花香鳥語識初春，暖長寒消氣漸新。穩步向陽逢友笑【一】，怡情近水共魚親。游來游去君何樂，經雨經風我守真。羡煞金鱗猶有慮，溪邊不少下鉤人。

註：

【一】「穩步」，「全集本」曾作「行健」。

己巳仲春客至

滿苑修篁期鳳翥，一江春水送君來。逢迎此際無拘束，追憶前塵有樂哀。眉月多情虧亦皎，心花得意晚仍開。寒廬尚貯葡萄酒，何必金樽白玉杯。

山泉

山泉凜冽甘如醴，飲滌愁腸昨禍心。杜宇未全收宿淚，鳳雛安得協清音。移風易俗千秋業，育李栽桃一片心。若問休棲何寄望，夕陽光照燦香林。

眼病

老來不怨視茫然【一】，獨念身衰釋教鞭【二】。九畹芳蘭百畝蕙，一燈黃卷五更天。幾番風雨香仍蘊，昨夜星辰夢未圓。安得金篦刷層膜，重操禿筆續殘篇。

註：

【一】「老來」，「全集本」曾作「歸休」。

【二】「獨念」，「全集本」曾作「老去」。

倚欄

風塵老我作寒儒，暮倚危欄望太虛。雲弄陰晴終是幻，月能皎潔不妨孤。四時花信誰真惜，大地春心可復甦。遙指逝川惟一歎，滔滔晝夜竟何如。

狗

狗狗狗，為主守門無夜晝。客人來敲門，狗即奔前狂吠吼。客人擊狗頭，狗咬客人手。客人大惱火，主人打狗陪禮獻醇酒。狗實忠職守，打之何罪咎。客是人，狗是獸。狗雖有理難開口，徒吠汪汪汪，如喊枉枉枉。汪汪枉枉又何如，人貴狗賤狗知否。

未幾盜賊來撬門，狗懼主打默垂首。盜賊入屋潛搜索，刺傷主人奪財走。主人極傷心，殺狗消恨不寬宥。殺狗有何難，巨大損失難追究。

詠懷古跡（五首）

【猷按】「全集本」於詩組末有說明：「以上詠懷古跡五首，修正如下。」其修正前之詩，則用雙行紙書寫，附於該集第三十二頁。唯此詩與〈惠州朝雲墓〉之修改稿則書於前，而於雙行紙則已是定稿矣。

一、武昌行吟閣【一】（懷屈原也）

行吟澤畔盡悲歌，屈子離憂奈楚何！九死推心荃不察，三閭遺恨艾偏多！
無情湘汨蛟龍惡，正氣乾坤日夜磨。難得此時飛閣壯，綠楊春水惠風和！

註：

【一】此詩題目，於「全集本」曾作「武昌東湖行吟閣」，其詩句則為「行吟澤畔漫高歌，屈子離憂奈楚何。洲橘任教芳可頌，畹蘭終歎穢偏多。長流湘汨魚龍混，正氣乾坤日夜磨。贏得東湖飛閣壯，綠楊深護好山河。」後改為今詩。

二、成都草堂（懷杜甫也）

少陵不幸稱詩聖，稷契心期世莫知【一】。托命孰憐餐橡栗，北征何止念妻兒！禍延安史頻焦慮【二】，筆湧波瀾見苦思【三】。今日草堂人共仰，可曾寒士盡舒眉【四】？

註：

【一】「世莫知」，「全集本」曾作「只自悲」。又曾改作「世豈知」。

【二】「頻焦慮」，「全集本」曾作「誰深問」。

【三】「見」，「全集本」曾作「有」。

【四】此句，「全集本」曾作「廣文寒士可舒眉」。

三、惠州朝雲墓（懷王朝雲也）

西湖拜訪朝雲墓【一】，謫宦棲遲憶大蘇【二】。共難途中唯此妾，往時天下重文豪！不辭炎遠蒙煙瘴【三】，來侍羈窮勵節操【四】。最是許身傾慕意【五】，憐君滿腹盡牢騷【六】！

註：

【一】「西湖」，「全集本」曾作「劫餘」。

【二】「謫宦棲遲」，「全集本」曾作「相對令人」，又曾改作「景物令人」。

【三】「炎遠蒙煙」，「全集本」曾作「萬里千尋」。

【四】此句，「全集本」曾作「來伴孤燈一點膏」，又曾改作「來伴孤齋一甑糟」。
【五】「最是許身」，「全集本」曾作「密語阿儂」。
【六】「盡」，「全集本」曾作「是」。

四、江門釣臺舊址【一】（懷陳獻章也）

釣臺舊址傍江邊，想見垂綸意灑然。絕島長林皆自得，文章氣節豈同禪！先生道貌應千古，心學爐薪第幾傳？回首江門源一派，高風猶化嶺南天！

註：
【一】「記錄本」無此詩，乃以〈曲江風度樓舊址〉替之，且前置為第二首。

五、廣州萬木草堂（懷康有為也）

聞道重修萬木堂，至今人始識康粱！瓜分豆剖誰先慮，革故維新屢奏章【一】。立憲豈緣親帝胄？大同漸進本公羊。知人論世談何易，百載風雲幾斷腸【二】！

註：

【一】「瓜分」兩句，「全集本」曾作「維新未必全虛夢，革故頻繁上奏章。」

【二】此句，「全集本」曾作「內外蕭牆百鬼猖」。

不死吟・題西湖岳王墳【一】

何不死？至德、豐功、正言皆不死。

何不死？窮凶、極惡、淫詞亦不死。

不死途有二，或為人放大光明，或被人釘恥辱柱。

不死何所據？取之不在人，而是在於己。

不死何所憑？予之不在己，而是在於人。

君不見秦檜奸險大富貴，人謚謬醜呼為鬼【二】，又不見岳飛精忠竟殺身，人尊武穆奉為神。西湖墳墓壯，日月交爭輝，岳王威武貌巍巍。秦賊夫妻人唾罵，千載王前長下跪！

註：

【一】此詩，「全集本」編入第六集，此據「記錄本」移於此，然無「西湖」二字。

【二】原註：「後人痛恨秦檜夫妻，必欲啖之而後快。乃製麵條成雙以像之，炸而食之，謂之『油炸檜』（『全集本』第六集無『之』字）。『檜』與『鬼』音近，故又稱『油炸鬼』。」

漫興（四首）

一、幽棲【一】

誰解幽棲樂，心清無俗塵。安如陶令宅，神與葛仙鄰。煙鎖池塘柳【二】，灵鍾海屋椿。江山南粵秀，垂老足怡真。

註：

【一】此詩，於「記錄本」乃〈春慶五首〉之一。參見本集〈獨夜〉。

【二】原註：「此句並包五行，一向公認為險聯，鮮有能對者。愚以下聯對之，未必工整，遊戲之作而已。」【猷按】《正字通》：「灵」，俗「靈」字。

二、晚趣【一】

習以詩為事，居同鳥作朋。韻隨清籟發，巢隱瑞雲蒸。綠茂和鳴樂，幽芳逸興增。登樓尋晚趣，何必最高層。

註：

【一】此詩，於「記錄本」乃〈春慶五首〉之一。參見本集〈獨夜〉。

三、鑒心【一】

獨坐無良友，素琴誰與彈。未能歌白雪，且自種芳蘭。天地何曾老，炎寒已幾番。鑒心如止水，應不起波瀾。

註：

【一】此詩，於「記錄本」乃〈又春慶三首〉之一。參見本集〈夜〉。

四、興酣【一】

酒聖無狂飲，詩仙豈浪吟。醇通諸竅暢，韻感眾情深。良覯饒佳作，知音勸淺斟。興酣思不亂，歌婉樂非淫。

註：

【一】此詩，於「記錄本」乃〈春慶五首〉之一。參見本集〈獨夜〉。

跏趺・外一首【一】

居似維摩室，跏趺老佛門。九年禪乍破，五夜月無言。微笑花仍著，慈悲世所尊。眾生須寶筏，萬物愛春暄。

註：

【一】「記錄本」無「外一首」三字。

芳知

鶴眠酣未醒，花氣襲禪關。老翮斯常健，芳知信不凡。晨星猶照戶，江水合平灘。欲刷矇矓眼，登高望過帆。

梅州中秋徵聯（一九八九年）

一

五度芸樓月，今宵一曲長相憶；（主命）

齊醉桂花酒，佳節新歌惜少年。

二

桂花酒，酒釀桂花，花酒好，好聚首；
芸樓月，月上芸樓，樓月清，清照人。（主命）

三【一】

五度芸樓月，今宵一曲長相憶；
齊傾桂酒卮，團圞不唱惜分飛。

四

蟾宮桂，桂滿蟾宮，宮桂潔，潔勵節；
芸樓月，月上芸樓，樓月清，清照人。

註：

【一】此聯與下一聯，於「全集本」中以「又」字起，另編一、二次序。今依其順序統編為「三」、「四」。

天人歌

人性涵太極，極似天月全。全月印千川【一】，川月交輝圓。圓融理無礙，礙則無變遷【二】。遷變始生生【三】，生生賴存存。存此天人理【四】，理貫人與天。天人原一體，體用相新鮮。鮮花齊怒開，開落愈繁然。

註：

【一】「全月」，「全集本」曾作「明月」。

【二】「變遷」，「全集本」曾作「桑田」。

【三】此句，「全集本」曾作「田地養眾生」。

【四】「天」，「全集本」曾作「千」。

幽棲抒感（七言排律八韻）

頭岑目暗吾衰矣，歷盡人間無限事。咽李哇鶃未許廉，捕蟬彈雀尤非智。先憂後樂孰能行，尊位多金嫂側視。源遠流長清濁分，風吹草偃貞邪異。辨材試玉有何難，射虎砍蛟真不易。老子空懷報國心，殘軀愧乏垂天翅。秋風鱸膾故園情，晚節霜籬寒士意。松勁猶堪野鶴棲，馨香夢拜軒轅氏【一】。

註：

【一】「馨香」，「全集本」曾作「蓬然」。

曲江風度樓舊址（懷張九齡也）

至今人惜老平章，去就安危系大唐。孰引鴟鴞巢鳳閣，終教鼙鼓動漁陽【一】。吟殘秋扇斯誠苦【二】，驚破霓裳更可傷【三】。縱使未忘風度美【四】，豈容骨鯁振官常【五】。

註：

【一】「終」，「全集本」曾作「遂」。

【二】此句，「全集本」曾作「秋風素扇誰相問」，又曾改作「吟殘秋扇詞雖苦」。

【三】此句，「全集本」曾作「金鑒丹心只自傷」，又曾改作「驚破霓裳舞亦荒」。

【四】「未忘」，「全集本」曾作「偶懷」。

【五】此句，「全集本」曾作「可堪皇不念官常」，又曾改作「更無骨鯁振官常」。而定稿後「豈容」曾改作「可容」。

康樂園秋夜

秋高月朗風清，文園玉樹金英。歌歇鳥眠人靜，燈光樓影書聲。

悼善祥族兄

聞耗思君劇可傷，嬉同里巷教同庠。多磨苦劫天何意，素履清和譽滿鄉【一】。畫苑擷英芳久佩，形神繪我義難忘【二】。是非盡在人心眼，淚灑黃花奠一觴。

註：

【一】「素履」，「全集本」作「屢勵」。

【二】原註：「文革時，余被遣還鄉，處境窮困，得兄常常慰藉，且為余繪像，並云：『余患血栓病，漸感不支；尚能執筆，請為君寫照。』義重風高，至今難忘。」

廣州中山紀念堂敬祭總理有感

堂依越秀瑞雲明，敬祭先生憶舊情。帝制隨潮方滾去，室伥引虎又興兵。勵精聯共抒新策，圖治師俄納眾英。宏願尚憑多士勉，江山一統致康平。

重讀麥少麐先生前贈手書詩集

愛讀君詩韻味長，高歌寄意蕩人腸【一】。青山綠水情俱好，白髮黃花秋正香。翰墨淋漓神曠遠，思潮澎湃氣昂揚【二】。昏聵笑我無聊賴，又喜金聲振耳鏘。

註：

【一】原註：「先生所居名曰『高歌寄意樓』。」（「記錄本」無「曰」字）

【二】原註：「先生書法與其尊兄華三先生相似，然其活潑豪放又別成一格，又與其人其詩均相似。」

秋日晚晴臨江自賞

天高雲淨晚猶藍，地潔秋晴老最耽。便採黃花簪白髮，笑臨綠水照青衫。一彎缺月無傷朗，九曲清流不混鹹【一】。稍惜未曾逢惠子，細觀魚樂好同參。

註：

【一】原註：「珠江流出虎門與南海相接，前者清，後者濁；前者淡，後者鹹；界線分明，不相混也。」

夏夜夢醒如有所悟浮想寄意【一】

滂沱喜歡雨連晨，卻洗黃塵氣亦新。天散層雲開曙色，江生紅日照勞人。才回昨夢增遐想，且止心波證道真。最念長林多寶樹，向榮何以育欣欣。

註：

【一】此詩只見於「記錄本」。

秋夜夢醒如有所悟浮想寄意

花開花落自頻頻，往古來今日日新。月印澄川滋象數，星垂平野合天人。乍回大夢饒清味，坐證心齋識道真。莫怨紅羊歎遲暮，且烹香茗滌餘塵。

挽天博族兄聯

太息童稚情親，暮年風義，空憐八秩老衡門，原憲心期天可鑒；
況是殫精翰墨，賫志文場，僅剩一生唯手跡，康公筆法世隨傳。

《三國演義》漫書數聯

一、曹操

建安風骨首推君，一代辭宗滿門才子；
東漢將軍徒表墓，千秋定論亂世奸雄。

二、劉備

閉門種菜示清閒，乃至失箸聞雷，具見英雄智慧；
痛弟征吳成大錯，盡負求賢定策，空餘帝業丘墟。

三、關羽

兄弟情，叔嫂禮，掛印封金正氣凜然充，奕世流芳同表聖；
春秋義，儒將風，失荊殉國驕心何自啟，全盤落索最憐公。

四、張飛

長阪坡，草木作疑兵，且看立馬橫矛，一喝退雄師，誰道無謀有勇；
古城堡，弟兄重聚首，也要分親辨敵，三通擂戰鼓，必使務實明真。

五、諸葛亮

重民生，嚴法紀，安西蜀，化南蠻，遠近懷德畏威，名垂宇宙；
扶暗主，定軍屯，聯東吳，伐北魏，內外瘁心齎志，淚灑英雄。

六、周瑜

顧曲最多情，赤壁建奇功，人道是琴瑟和諧，小喬初嫁添英氣；
索荊勞百計，劉盟寒舊好，君知否親仇轉化，強曹難禦伏危機。

七、貂嬋

誰謂小嬌娃，能扇妖風除國賊；
方知真淑女，本非尤物是天祥。

八、呂布

方天戟，追風馬，自謂威武絕倫，誰知贈美投金，人皆可父；
丞相府，鳳儀亭，何以溫柔難慰，竟至拋香棄玉，力不從心。

九、司馬懿

兩晉奠王基，外怯內強，毀譽不形喜怒；
千秋稱猾賊，老謀深算，窮達莫測行藏。

十、劉禪

虔以奉巫，深信王基永固；
樂不思蜀，試問人性何存。

己巳季冬有感【一】

花近書樓幾度霜，樓花霜後不消香。良禽冒冷猶親近，苦茗回甘耐品嘗。
人境難尋三徑雅，春風且盼滿園芳。梅姿鶴態依然好，瓦碗清泉味更長。

註：

【一】此以下各詩均不見於「全集本」，蓋此時已開始「自選本」的工作，故有所詠懷則直書於「記錄本」。

讀元劇（四首）

一、竇娥冤

飛霜六月竇娥冤，怨上重霄下九原。莫道書生無寸鐵，一枝巨筆懾兇元。

二、桃花扇

豈謂清流無骨氣，香君公義勝私恩。一聞夫婿降清後，血濺桃花盡淚痕。

三、西廂記

卑微侍婢貴夫人，直道誰能辨假真。若論張生門第賤，難中寧許女兒身。

四、牡丹亭

夢回彷彿柳梅邊，一往癡情玉化煙。愛入芳墳春不盡，殘骸猶有再生緣。

喜讀鑒江先生惠贈《青琅玕集》（三首）

老來衰病寡言歡，拜惠琅玕歎大觀。恨異張衡才力薄，報君慚乏玉雙盤。

狂瀾棄木寄長歌【一】，濟溺扶傾問若何。一卷新詩言象外，人間最愛惠風和。

掩卷每思新穎句，何曾一字不傳神。詠懷感事真情性，風動修篁雨後青。

註：

【一】原註：「『狂瀾』『棄木』為原作篇名。」

庚午春夜寄意

芳辰信兆清平樂，魚水同歡想歲功。蝶戀花眠深院月，浪淘沙去滿江紅。
一絲風正幽香遠，百尺樓明秀色鍾。但願年年多麗景，沁園春露萬家濃【一】。

註：

【一】清平樂、魚水同歡、蝶戀花、深院月、浪淘沙、滿江紅、一絲風、百尺樓、多麗、沁園春，皆詞譜名。

詠史（二首）

性善誰云無四端，難填欲壑惡之源。綈袍一襲深情贈，須賈猶憐范叔寒。
炎宋興亡論太頗【一】，崖門風浪耐誰何。宋人滅宋張弘範，心性當時有幾多【二】。

註：

【一】「論太頗」，曾作「議論多」。

【二】原註：「時論多以為宋亡於理學，尤其是『去人欲存天理』之說，亦太偏頗矣。」

庚午迎春（五言排律十二韻）

風波思去歲，舉世慮重重。群力抒籌策，三軍立首功。文林從此秀，田舍報年豐。商旅來交易，舟車運暢通。五洲冠蓋集，四海物源充。綠化良材蓄，黃除大道崇。咸熙期庶績，廉政寄諸公。雪降春呈瑞，人和國兆隆。菜籃魚肉鳥，花簇紫金紅。禹域添新氣，華僑訪舊蹤。親朋應一醉，水乳永相融。齊御行空馬，長征越險峰。

靜觀

風吹不散雲中雁，月照能觀水底魚。大地有情復有理，高天無動亦無居。

卻憐

動愛江流靜愛山，江山容我樂清閒。花開花落迎棲鳥，波起波平自過帆。行跡心安隨毀譽，文章天就懶增刪。卻憐獻彩雲如錦，一遇風吹態便翻。

庚午人日之夕（五言排律十六韻）

乾坤誕華裔，歡度此辰同。春遣花迎節，天教月鞠躬。軒轅垂範遠，王母宴桃紅【一】。食德五千歲，飲和萬億盅。江山形嬗美，禮義世傳風。患難雖相迭，精神永貫通。百年憂內外，多士瘁心容。鄉鎮麾旗起，軍民掃敵空。陽光昭禹域，嘉績著寰中。揠助驚苗槁，防疏歎鼠兇。修文須定靜，行道貴公忠。氣正奸邪肅，誠輸金石融。緬懷先哲跡，深體後昆衷。應勵開來志，毋忘繼往功。雲礽珍大業，遐邇望時雍。願祝人長健，貞如泰岱松。

註：

【一】原註：「此指王母蟠桃，仙桃也，三千年開花，三千年結籽，三千年成熟，成熟則隨時可食，食之長壽。」（見《武帝內傳》）

論詩三絕句

少陵豈是詩言意，稷契心期未可疑。卻笑薑齋論偏倚，雅風而外更稱誰。

人道香山多俗句，不知此語貶還褒。瓊瑤手捧驚如許，味得行間意表無。

近來詩思動詩魂，夜夜推敲月下門。安得正宗尊一代【二】，阮庭才力遜梅村。

註：

【一】「尊」，原作「專」，疑為筆誤，逕改。

庚午春品茗賦詩

回甘茶味何妨苦，振聵詩聲不隱哀。春入寒窗風送暖，薰人花氣透心來。

聽講鴉片戰爭風雲故事【一】（五首）

林公奉旨禁煙來，粵海歡聲動九陔。燒毒正孚全國望，屈和誰肇百年哀。權臣久妄專殊利，昏主安能用大才。莫向貞忠論成敗，圖強風氣自斯開。

寵臣大駕下羊城【二】，拂盡民心憤不平。帝主昏庸官自狡，將軍節烈馬猶貞。同仇拒秣殉危難，揖敵沿江撤隘兵【三】。駿跡謳歌譏佞辱【四】，詩聲頌刺有碑銘【五】。

抄家琦善埒和珅，太息天都日正昏。驕侈豪門貞士淚，荒涼殘壘壯夫魂。宸衷不定無剛斷，廷論何曾有至尊。遂使瓜分成險局，中華奇恥忍追源！

中華兒女豈能欺，社學民團舉義旗。鐵棍輕裝頻奏捷，洋槍重炮竟安之【六】。誰驚敵命方臨絕，急斂官威乞解危。浩氣充盈長在野，丹青垂範發人思。

長城毀盡奈誰何？斥佞潘公禍轉多【七】。直道堪悲如糞土【八】，大朝奚恃復山河？民情似水終翻載，帝制成灰付逝波。今日革新溫舊史，能無一德致熙和？

註：

【一】「全集本」只載「長城毀盡」一首，題為「三聽講鴉片戰爭風雲故事」，此從「記錄本」。題後原無「五首」二字，據其例補。原註：「第二次鴉片戰爭，定海、鎮海及江浙一帶相繼失守，守將葛雲飛、陳化成堅強抵抗，終因彈盡援絕，壯烈殉節。清廷震動，廷議對策，時大學士潘世恩力保復起林則徐，佞臣穆彰阿指潘為林黨，潘力斥穆之奸佞。帝袒護彰阿，厚責世恩，並貶則徐於新疆伊犁。於是長城盡毀，清兵一蹶不振，遂乞和，與英軍訂立南京條約，是為中國歷史上第一次與帝國主義訂立不平等條約。從此中國遂淪為半殖民地、半封建社會。」

【二】「大駕」，曾作「欽命」。

【三】「沿江撤隘兵」，曾作「何圖毀要津」。

【四】「佞辱」，曾作「舌斷」。

【五】此句，曾作「千秋碑石示精評」；又曾改作「千秋吟誦立碑銘」。此從「自選修正初稿本」。

【六】「炮」，原作「配」，疑為筆誤。逕改。

【七】「自選修正初稿本」註：「此指潘世恩力保復起林則徐，反遭佞臣穆彰阿誣陷事。」

【八】「如」，曾作「成」。此從「自選修正初稿本」。

秋初夢醒口占

老去殘軀亦自豪，生憎炎熱不貪臊。非求廉譽儕陳仲，恥論錢神拜魯褒。

盡有詩篇供覆瓿，從無侈念浪投桃。嚶鳴喚起寒儒夢，喬木秋風月自高【一】。

註：

【一】「自」，曾作「尚」。

退休多病感懷【一】（二首）

舊有妙聯云：「煙鎖池塘柳，灰堆鎮海樓」，其中每字各帶五行之一。余以為此聯甚佳，結聯則無甚意義。因另作結聯，並感於退休後多病，擴展為五律二首。

莫問東籬事，歸休藥圃親。胸懷陶靖節，難訪葛仙人。煙鎖池塘柳，灵鍾海屋椿【二】。幽棲雖美好，無奈病殘身。

人靜夜交子，雲開月滿圓。晴空千世界，斗室一乾坤。花氣傳春意，書香感道尊。心波平復起，老病負軒轅。

註：

【一】原無「二首」二字，據其例補。

【二】【猷按】《正字通》：「灵」，俗「靈」字。

第八集・外集

（一九九〇年以後【一】）

註：

【一】此集唯見於「記錄本」。「記錄本」於此集不再順序編名，而題為「外集」，蓋《樸廬吟草》至此集為卷終，且其時創作皆隨意所適，主題不似前七集之明顯而集中也。又於整理先父遺稿時，尚發現有散見且不知其年，或不宜編於一至七集者，今並編於此。

無題二絕句

燈火笙簫天一月，春江鶯燕岸千花。無端又破香甜夢，屢擾清宵是噪蛙。
書卷封塵老眼昏，嚶鳴猶自喚詩魂。清吟不減當年興，月入芸窗花滿園。

無題（七律三首）

感濁流之污染也。

少經喪亂壯橫眉，老盼清平近更癡。百折心期天可鑒，一彈指頃鬢如絲。
琵琶稀耳繞當年調，劫急神縈未了棋。夜靜且要明月伴，竹風搖曳聽吟詩。
正聲周召孰賡歌，鄭衛風邪我涕沱。投暗嗡嗡污集蚋，趨炎逐逐火燒蛾。
白駒一去音寧絕，狡兔三營窟太多。堪憶烏衣弦管盛，華堂燕舞更如何。
老我風塵不自憐，白衣蒼狗本雲煙。蒙陰受蝕何傷月，犯暑淩寒慣度年。
心貴無多應致一，面防有兩況逾千。倩誰共汲冰壺沏，細品廉泉更醴泉。

消閒

閒極如今卻愛忙，清晨何計遣時光。窮追漢史兼秦史，漸覺書香勝茗香。
雙目已矇難廣智，一心冥想太荒唐。誰云費力終無補，自喜人生滋味長。

翁山詩賦光耀千秋【一】

紀念屈翁山逝世二百九十五週年。

毀物莫如火，唯有公詩之傳難燒阻。
人云苛政猛於虎【二】，誰知亡乎外敵更悲苦【三】。政苛猶有復蘇時【四】，亡乎外敵悲苦終無期【五】。

南明之季丁艱危，內奸外敵交侵欺。公奔四海組義師，屢跌屢起猶思為。民溺猶己溺，民饑猶己饑。忍看天下皆瘡痍！對此公惟徒噓唏，唏聲和血滲入人心脾。此即公之歌，此即公之詩。

人心在【六】，公詩孰能改？人心日日新【七】，公詩永永存清芬。猛虎安能噬，烈火安能焚【八】。

番山禺山秀且奇，珠江獅海千帆飛，天南繼世多英姿【九】。西園詩友南園侶，後昆絡繹頂禮參公儀。

星拱北，日升東。嚶鳴喬木情融融。今期革新登熙雍，以文會友奚為宗？仰公學深識廣才略雄，感公正氣磅礴心精忠。願讀公詩千萬遍【一〇】，化行南國成國風，國風正兮民德同。

註：

【一】此詩先父誤重編於「記錄本」第七集。「記錄本」外集無此序，此據「記錄本」第七集補。

【二】「人」，「記錄本」第七集曾作「誰」。

【三】「亡乎」，曾作「淪亡」。「外敵」，本集作「敵國」，此從「記錄本」第七集。

【四】「政苛」，「記錄本」第七集作「苛政」。此句，曾作「苛政有時可復蘇」。

【五】此句，本集作「淪亡敵國悲苦無終期」，此從「記錄本」第七集。
【六】「人心」，本集作「民心」，此從「記錄本」第七集。
【七】「人心」，本集作「民心」，此從「記錄本」第七集。
【八】從「人云苛政」至此，「記錄本」第七集自成一段，且與下段相隔一行。本集不分段，且與下段不隔行。此從「記錄本」。
【九】「天南」，「記錄本」第七集作「千南」，疑為筆誤。
【一〇】「讀」，「記錄本」第七集作「誦」。

識機

舉世人云當識機，識機卻歎古今稀。良知致日無驕諂【一】，正氣充時有是非。不齒求全甘委曲，關心杜漸重防微【二】。細參直道天行健，勿用潛龍志在飛。

註：
【一】「諂」，原作「謟」，疑為筆誤，逕改。
【二】「關心」，曾作「由來」。

往事

往事難違來可追，世情憂樂幾人思！夢回粉蝶驚非我，老惜焦桐撿贈誰？
歷劫駭談秦楚焰，正風能捨召周詩！化流奕葉新邦俗，華夏文明仗德基。

素懶趨時

素懶趨時競綺紈，小樓詩史度寒暄。不教名利為韁鎖，務致知能正本源。
明月照心成友亮，清風吹袖識儒尊。夜涼靜聽天鳴籟，疑是簫聲起鳳鸞。

聽粵曲口占

一、杏元保節

蘇母祠遙遙拜畢，杏元死不墮胡沙。梅開二度郎應記，月下貞魂劫後花。

二、黛玉歸天

鼓樂喧天月照誰，多情寶黛豈能知。賈王史薛同榮萎，負盡春心一對癡。

三、平貴別窯

相門有女品高超，自擇才郎樂破窯。報國別窯郎戒慎，帥堂豺虎廟堂梟。

四、文姬歸漢

歸心如箭卻遲徊，吻稚牽娘淚接腮【一】。念到漢恩賡漢史，強拋私愛節離哀【二】。

註：

【一】「娘」，曾作「衣」。

【二】「節離哀」，曾作「盡離杯」。

五、春草闖堂

闖堂春草救恩人，壓倒天官貴婦橫。婢賤所憑惟正義，能教智勇頓時生。

堂。

註：

【一】「殃」，原作「秧」，疑為筆誤，逕改。

六、慧娘鬧府

偶然一盼竟成殃【一】，神鬼猶憐李慧娘。誰道淫威人莫忤，冤魂大鬧半閒

七、張鳳仗義

嚴刑難屈貧張鳳，不愛黃金豈為親。此志凡夫誰曉得，貪官還指是刁民。

八、三姐明心

湘蓮魯莽退芳盟，三姐明心憤殺身。識得儂真郎悔晚，大觀園穢累貞人。

九、雷峰塔

法海應知僧戒律，善成正果惡成魔。貞娘濟世諧琴瑟，長鎖雷峰奈爾何。

十、櫝中緣

夫妻人比同巢鳥，臨難分飛各一天。誰救岳生冒奇險，劫中還締櫝中緣。

歲寒三友詠懷【一】

註：

【一】本詩組末原有按語曰：「上三詩皆舊作，其中第一、三首均見正卷，第一首有所修改；第二首正卷未錄，茲補錄於此。此三詩分別反映余在此十數年中經歷之思想狀態，前後似有聯繫，故掇錄於此，而成一組。」〈松〉，見第三集〈詠松〉，改動較大；〈竹〉，見第七集〈種竹〉。

一、松【二】

一九六六年初，時余居康樂園。

吾愛吾廬傍古松，蒼皮勁節氣淩空。歲寒茂庇千年鶴，幹老頑排八面風。

嘉植所期成大蔭，深根何必慕華容。高吟願與長相守，難得清聲格調同。

註：

【一】此詩有另紙所書，而與〈歎落花〉（即第四集〈落花五首〉之二）、〈護新芽〉（即第四集〈春潮〉）、〈遊花市〉（即第五集〈乙丑除夕花城花市〉）組成詩組〈詠木吟花四首〉，且序之曰「下詩四首皆舊作，從一九六六年初至一九七八年以後，歷時凡十多年，次第題成，今偶觀之，意似聯繫，因錄成組以寄所懷。」本詩題則改作「愛古松」，小序中無「一九六六年初」數字。

二、梅

一九七八年，余曾被逐離康樂園【一】，此時剛返故園。

誰憐骨氣忒清剛，劫後重逢歷十霜。豈謂正愁群玉碎，凜然不改素心芳。春風乍報貞魂醒，南雪難忘昨夢長。月照梅花花伴我，無言有淚喜還傷。

註：

【一】「被逐離」，曾作「一度離開」。

三、竹

一九八〇年春，余居康樂園。

珠江春色來偏早，花鳥宜人寫素懷。願老文園培直節，更添修竹蔭寒齋。
常聽綠葉吟清韻，不作長籲怨玉階。搖曳斜陽好光景，詩聲天籟最和諧。

哀洪楊內禍（五首）【一】

聽區榮光同志講太平天國演義。

天王耽樂厭勤民，猾賊乘時勢益伸。上帝驕兒寧獨爾，太阿倒柄遂交人。
忍看祝捷評功會，出語無倫怒目瞋。頃刻金陵成血泊，殘磚白骨壓紅巾。
勤王師入君民喜，拭目忠臣涕淚收。豈謂楊韋皆一孽，何曾兄弟有同仇。
雞鳴雞死哀無極，天父天兒囈不休。飲恨萬家新鬼眾，瘋狂雨暴夜啾啾。
豌豆花開尚盼誰，天朝帝業不勝悲。撐傾人妖兵戎急，征利君臣賊亂危。
醒世高歌緣底事，金田信誓竟如斯。翼王受謗安歸去，徒表孤忠一首詩。
妖鋒未挫歸平亂，深愴傾危力諫奢。爭奈忠言興百廢，卻干宸意忤諸邪。
沿途頌德疑雲集，當殿辭恩謗日加。直道不伸賢士困，千秋何止翼王爺。
紅巾去後恨如何，淚極齊民日苦苛。建廈豈無良柱石，同心能復破山河。
淩波誓斬蒼龍惡，報國頻添志士多。踵武勵精成大業，百年詩史泣還歌。

註：

【一】原無「五首」二字，據其例補。

壬申新春試筆（四首）【一】

次第花開四海春，愛花誰不盡辛勤。願君莫被千夫議，道是安閒袖手人。

文園春色帶微寒，樹樹含英露未乾。但使新花開次第，應無餘事不心安。

軍民去歲一心同，水旱頻仍力保豐【二】。老我文園何所事，枝頭好鳥正呼風【三】。

桃李雖榮不自誇，要成佳果獻千家【四】。東君亦解群芳意，送暖天涯育幼芽【五】。

註：

【一】原無「四首」二字，據其例補。原稿中為三首，蓋「文園」一首寫後即刪去，今保留其原貌，是為四首。

【二】「力保」，曾作「尚慶」。

【三】此兩句曾作「請進一杯和樂酒，更乘酒興駕東風。」

【四】「要」，曾作「爭」。

【五】此兩句，曾作「春風亦解群芳意，吹遍山村育幼芽。」

庚午除夕花市寄意【一】

庚午除夕，遊花市者甚為熱鬧，余目昏昏，不能前往。唯坐聽修竹，吟詠於春風浩蕩之中而已。夜靜思之，饒有趣味。翌晨春節，遂命小女書之。

梅芳已作逋仙婦，菊淡常親陶令家。人愛牡丹余愛竹，吟風勝過競奢華。

註：

【一】此詩修改前曾作：「梅芳早被林逋娶，菊伴陶家千五年。人愛豔桃余愛竹，爭榮避俗各隨緣。」

蘿岡香雪感詠之一【一】（乙丑春作）

深情無限立蘿岡，耐對梅林意念長。曾共歲寒多皎玉，何堪劫苦十嚴霜。芳心素質今仍好，南雪春風又放香【二】。最喜衝天雲際鶴，飄然歸訪舊家鄉。

註：

【一】原註：「此詩從〈羊城八景〉中一首修改而成，因時間不同故內容稍異（『稍異』，曾作『也有所不同』）。〈羊城八景〉中一首仍保存。」

【二】「南雪」，曾作「南園」。

蘿岡香雪感詠之二（辛未春作）

樂遊何處足盤桓，嶺表光華鎮接村。人愛蘿岡梅展秀，春暉南雪鳥迎暄【一】。滿林玉潔魁多麗，一段香清醒眾昏。更訪前修覽遺翰，貞剛文德想花魂。

註：

【一】原註：「南雪，指白梅。清人詠白梅有句云：『翠雲寫入逃虛閣，南雪還添一段香。』『鳥迎暄』，『暄』為『日』字旁，請勿誤作『口』字旁。」

吊賈生【一】

昔人吊賈生詩有句云【二】：「漢文有道恩猶薄，湘水無情吊豈知。」又云：「可憐夜半虛前席，不問蒼生問鬼神」【三】。因有所感而作此詩【四】。

悵望千秋吊賈生【五】，昔時湘水瘴煙塵。謫居齎志誰憐爾【六】，策論治安帝問神【七】。封建方憂如病腫【八】，聖明何致諱言真。漢文有道傳今古【九】，德豈無慚責日新【一〇】。

註：

【一】此詩原題作「長沙懷賈誼」，後於「自選修正初稿本」改作今題今詩。

【二】在〈長沙懷賈誼〉中，此句作「唐詩吊賈誼有句云」。

【三】在〈長沙懷賈誼〉中，無「又云」至「鬼神」數字。

【四】在〈長沙懷賈誼〉中，此句作「讀之感慨良多，賦此以伸其意。」

【五】在〈長沙懷賈誼〉中，此句作「南國人今惜賈生」。

【六】在〈長沙懷賈誼〉中，此句作「棲遲謫宦誰知爾」。

【七】原註：「賈生上文帝〈治安策〉，『治』讀平聲。」

【八】原註：「〈治安策〉大意云，當時諸侯封邦建國制度，傳嫡不傳庶，因此封國太大，勢力日盛，皇室無法控制，如身肢病腫，指揮不靈。封建，指封邦建國。」

【九】在〈長沙懷賈誼〉中，「今古」，作「千古」。

【一〇】原註：「慚德，愧德不及人也。《書．仲虺之誥》：成湯放桀於南巢，惟有慚德，曰：『予恐來世以台為口實。』有慚德，慚德不及古。」原註又曰：「台，皇帝自稱曰『台』。」

退休後多病感懷

文園灌溉自年年，砍棘栽花志本堅。舉足願無風險地，當頭信有月華天。桃紅李白成蹊徑，籟響泉聲亦管弦。好景奈何吾老病，歸休難詠浴沂篇。

讀范仲淹〈岳陽樓記〉感詠

岳陽樓古喜修成，日接千帆過洞庭。遷客新題無恨賦，漁舟交唱有歡聲。政通人睦談何易，後樂先憂奮勵精。世慕名言功在教，誰將謫守力扶傾。

對聯一副【一】

躍龍廟；
鳴鳳堂。

註：

【一】此聯各本均未載。先父於其退休時所撰簡歷中，曾引述此聯以說明少時從學情況。其文曰：「一九二三年，玉森八歲，患先天性白內障眼疾，不能讀書，至一九二六年始治癒復明，是年十一歲；冬，開冬學，就讀於塾師陳叔惠先生，復得誼祖父前清舉人陳木君之指點，對於五經古文、詩詞漸能理解，發生興趣。一次，塾師出一聯首云『躍龍廟』，森即應聲曰：『鳴鳳堂』，蓋前者為石樓鄉廟宇名，後者乃陳族宗祠名。塾師點首，認為有捷才。」因第一集先父自定為一九三七年至一九四五年時之作，故遵其原意，此聯不編於第一集，而附錄於此。

寒食【一】

今日逢寒食，當年是禁煙。事因徵介子，不肯告君前。

註：

【一】此詩各本均未載。先父於其退休時所撰簡歷中，曾引述此詩以說明少時學詩情況。其文曰：「十四歲時，塾師陳叔惠講解《左傳》介之推事畢，即命詩題曰〈寒食〉。森得四句曰『今日逢寒食，當年是禁煙。事因徵介子，不肯告君前』。師閱畢，首肯，但將第四句改為『不出竟焚綿』，且告森曰『此句之改，實喻責備晉文公之意。』自此，森頗悟作詩之法。」因第一集先父自定為一九三七年至一九四五年時之作，故遵其原意，此詩不編於第一集，而附錄於此。

對聯【一】

一

拱手相迎誰主客；
星辰細數憶師門。

二

弄里逢君應一笑；
珩瑚有器尚周全。

三

理在心胸無愧憾；
平其坎坷有艱虞。

四

鳳翥每思堯帝澤；
琴音應有子期知。

五

亦莊亦諧，談言微中；
智方智敏，業精於勤。

註：

【一】此數聯唯見於另紙所錄。

讀史漫題【二】

一、越王嘗膽

越王嘗膽報吳仇，多少忠良與共謀？莫怪國興臣戮辱，良弓鳥盡即須收！

二、王霸之局

天王遠狩終強晉，孔子西行不入秦。試讀千秋王霸史，可曾涕淚不沾巾。

三、商君變法

商君變法太嚴苛，路偶揚灰入網羅。豈謂孝公才晏駕，關門逃難莫能過！

四、秦皇坑儒

秦皇何事殺儒生？只為儒生愛說仁。秦用法家嚴治國，不言仁義獨尊君。

五、陳涉起義

陳涉持竿起義軍，群儒抱器獨圖秦。誰知共戴稱王後，卻自驕橫不認親。

六、轅固餘生

弊冠新履訟紛紜，湯武居然作叛臣。轅固若非逢漢武，豬圈安得保餘生。

七、揚雄投閣

揚雄底事終投閣？人道生平識字多。縱使問奇非問政，悠悠眾口奈誰何！

八、今古經文

劉向作書移博士，罵「黨同門妒道真」。誰謂漢家今古訟，竟教新莽篡經文！

九、形神之辯

滿樹花飛誰墜溷，一篇神滅駭群僧。范生卓識應名世，不要高官抗竟陵。

十、玄宗功過

玄宗少壯誅韋武，博得英名寵玉環。光彩頓生楊氏戶，霓裳舞破好江山。

十一、李牛黨禍

李牛兩黨互摧殘，卻把鋒芒向義山。太息鴟梟兇暴甚，鵷雛腐鼠本無關！

十二、岳陽樓上

不斷長江絡繹舟，誰人不羨岳陽樓？范公一記真名世，賢臣後樂更先憂。

十三、去欲存理

朱子一生談理欲，理存欲去絕貪阿。千秋請閱興亡史，人欲橫流竟若何！

十四、元代流品

七情六欲人人有，十丐九儒代代傳。縱使子孫才德盛，不知何以出生天！

十五、錦衣監謗

廠衛錦衣監謗密，途聞偶語殺無饒。九千歲後成枯骨，更有誰人頌舜堯！

十六、文字冤獄

雍乾文字煩冤獄，漢學重興考證多。學派縱因時世變，真知永不斷長河。

十七、翼王肥遁

太平天國亂洪楊，果斷超群一翼王。慟哭「我朝傷內禍」，毅然肥遁自韜光。

註：

【一】此詩組，各本均未收，於二〇〇二年初檢點舊物時發現，書於中山大學哲學系稿紙中，疑為一九八〇年以後所作。茲補錄於此。

樸廬自製猜字謎語【一】

一、（猜四字語）【二】

從前一個小兒，他有十個哥哥。其人專於斯文，頗覺似是還訛。卻又何妨作士，因為心下平和。

二、（猜四字語）

無人倚傍林間去，伐木身邊不佩刀。巧製非車亦非輦，一山更上一山高。

三、（猜四字語）

欲語，不用口言。摘葉，不見草木。已經十一個月，還是未出晨旭【三】。

四、（猜四字語）

摸索恨無手，零雨其濛候。失主向田心，三周慎操守【四】。

五、（猜五字語）

西風下示橫山雨，洗盡街心積土堆。天上但求無二變，不辭殘夕著單衣。

六、（猜四字語）【五】

丘山正逐林間鹿【六】，看見兩人學律一日足。兩人忽不見，卻見阜邊兩兒在深屋。

七、（猜四字語）

寵兒脫寶蓋，寶蓋藏匕首。獵得大蟲歸，已走三十阜。

八、（猜四字語）

二兒坐在深屋說：有金無玉亦非全。雖然此乃無心想，不是牛言是馬言。

九、（猜七字語）

九十九隻梅花獸，同逐水邊非一晝。阜旁深屋試探首，一覺醒來不見有。卻有小子在相守，說曾見得夫人瘦。

十、（猜四字語）

半天明月趁高風，一鳥飄然啄害蟲。更喜三人攀架上，俄而獻出小羊公。

十一、（猜四字語）

六百年來木，無木不為松。偶攜子女遊，隨處有雲從。

十二、（猜四字語）

刀口鋒芒耀日光，玉無瑕點更端莊。歸來求主行周帀，踏峻排山匹馬當。

十三、（猜四字語）

角逐不持刀，難成大一統。況值黃昏雨，凝冰方解凍。

十四、（猜四字語）

螢照外孫明日去，有規無矩畫銀盤。

十五、（猜四字語）

罷秛，虎也，變化，不雅。

十六、（猜《四書》兩句）

字

十七、（猜《四書》兩句）

佯

十八、（猜《四書》一句）

自丑至午

十九、（猜《四書》一句）

透視

二十、（猜《四書》一句）

打腳骨

二十一、（猜《四書》一句）

伊

二十二、（猜《詩經》一句）

姜太公在此。

二十三、（猜一字）

牽羊人入草叢中。

二十四、（猜一字）

犯寒匹馬踏冰來。

二十五、（猜一字）

豫州聘得臥龍歸。

二十六、（猜一字）

無端瘦盡沈郎腰。

註：

【一】此謎語組第一至第五，第七至第十五載於「草稿本」第六集及另一裝訂本，第十六以後則唯見於裝訂本。

【二】括弧中原無「語」字，此據其實補。後均仿此。

【三】原註：「一年十二個月為『期』。晨旭未出，日未白也。」

【四】「草稿本」第六集原註：「『、』為『主』之古字。七日為一週。」

【五】此條謎語唯載於「草稿本」第六集。

【六】此句曾作「丘山逐鹿三十六」。

謎底

一、克傳父志
二、奇才輩出
三、五世其昌
四、撫今思昔
五、飄雪行人夜
六、岳麓書院【一】
七、龍蛇起陸

八、完人相許
九、白鹿洞書院學規
十、有鳳來儀
十一、葉公好龍
十二、昭王市駿
十三、用人莫疑
十四、花好月圓
十五、移風易俗
十六、許子冠乎，曰冠
十七、何可廢也，以羊易之
十八、見牛未見羊也
十九、如見其肺肝然
二十、以杖叩其脛
二十一、望之不似人君
二十二、誰謂鼠無牙
二十三、茶

二十四、鶩

二十五、漁

二十六、要

註：

【一】《六書譌》：「嶽」「岳」，經傳通用。《集韻》：「嶽」，古作「岳」。

樸廬簡歷

先父陳玉森（一九一六年十月十日—一九九三年十二月十七日），字天寶，室名樸廬，廣東番禺石樓鄉人，漢族，公元一九一六年（農曆丙辰九月十四日）出生於石樓鄉。妻張氏柳京，有子女五人，長男憲猷，女幗瑤、幗雄、幗新、幗媗。

先父八歲喪母，由八太姑母撫育成人。幼年就讀於塾師陳叔惠，復得前清舉人誼祖父陳木君指點，認為有「捷才」。中學，轉讀於廣州市立第一中學（即今廣州市第二中學）。

一九三八年，廣州、石樓相繼淪陷，乃獨自違難香港，寄居中共地下黨員、族姑陳孝真家。後由孝真丈夫周康人介紹到廣東新豐縣馬頭小學任教。

一九四〇年三月間，於馬頭小學加入中國共產黨，並組建成新豐縣第一個中心支部。

一九四二年冬，在「南委事件」中新豐黨組織被破壞，遂與黨組織失去聯繫，滯居石樓，並在石樓小學教書，宣傳抗日。

一九四五年秋，到廣州升學，並於一九四九年畢業於廣東法商學院社會學系。同年十一月，以人民政府村長名義到石樓村主持村務並開展對解放戰爭的支前工作。

一九五〇年，受聘於法商學院社會學系。

一九五二年，調入中山大學，歷任該校助教、講師、教授。

一九五六年夏，加入民主黨派「民革」組織，並從一九五九年至一九八五年歷任「中山大學民革支部」主任委員。

一九六〇年，參與中山大學組建哲學系的工作，即由歷史系調入該系從事中國哲學史教學與研究。

一九七〇年，文化大革命，先父與張氏及幗嫦均被遣送回鄉，管制勞動。

一九七七年，在石樓中學任代課教師。

一九七八年，回中山大學復職，並在一九八〇年至一九八六年間，任中山大學哲學系中國哲學史教研室主任、研究生導師。

一九八二年，獲廣東省高教局頒發教學優秀獎及科研成果四等獎。

一九八六年，番禺縣縣誌辦公室成立，受聘為顧問。

一九八七年，於中山大學哲學系退休。

一九九三年十二月十七日（農曆癸酉十一月初五日）淩晨五時四十五分，在廣州市河南醫院逝世，享年七十有八。

先父一生主要從事中國哲學史的教學和研究，主要著作有《反對主觀主義》《簡明中國思想史》（合作）《周易外傳鏡銓》，及〈試論王充的思想淵源〉〈從孔子的「仁」看他的階級性〉〈董仲舒「性三品說」質疑〉〈陳亮葉適學派性初探〉等著作、論文數十篇。

先父性愛詩詞，十四歲即學作詩，積累至今，篇什逾千，命名《樸廬吟草》。

樸廬吟草（合校本）

作　　者：陳玉森
責任編輯：王芷茵
内文校對：司徒卓賢　江晉豪
設計排版：多　馬
法律顧問：陳煦堂 律師

出　　版：初文出版社有限公司
　　　　　電郵：manuscriptpublish@gmail.com

印　　刷：陽光印刷製本廠

發　　行：香港聯合書刊物流有限公司
　　　　　香港新界荃灣德士古道 220-248 號
　　　　　荃灣工業中心 16 樓
　　　　　電話 (852) 2150-2100　傳真 (852) 2407-3062

臺灣總經銷：貿騰發賣股份有限公司
　　　　　　電話：886-2-82275988　傳真：886-2-82275989
　　　　　　網址：www.namode.com

新加坡總經銷：新文潮出版社私人有限公司
　　　　　　　地址：71 Geylang Lorong 23, WPS618 (Level 6),
　　　　　　　　　　Singapore 388386
　　　　　　　電話：(+65) 8896 1946　電郵：contact@trendlitstore.com

版　　次：2022 年 9 月初版
國際書號：978-988-76253-7-7
定　　價：港幣 138 元　新臺幣 420 元

Published and printed in Hong Kong

香港印刷及出版